Der Autor, Jahrgang 1944, war u.A. an einer Universität in Neapel Lektor und am dortigen Goetheinstitut Lehrer sowie drei Jahrzehnte Nachrichtenredakteur, darunter sieben Jahre Korrespondent in Rom. In den vergangenen Jahren erschienen von ihm „Tango Tenebrista. Ein Schmöker zum dramatischen Helldunkel von Tango, Argentino, Sex & Crime", der Roman „Tango up & down", „Tödliches Tangotreiben. Die wahre Geschichte der 'Freiburger Vampirmorde'" und „Neapel sehen und sterben. Prosa und Posse".

Timm Maximilian Hirscher

Böse Blicke

Kriminalroman

und zwei Nachkriegsgeschichten

© 2015 Timm Maximilian Hirscher

Titelbild, Illustration und Grafik:
Simone Rosenow · art & grafikdesign

Herstellung & Verlag:
BoDTM — Books on Demand, Norderstedt
Print in Germany
ISBN: 9783743104082

Inhalt

Böse Blicke 7

Hitlerjunge Ado Parzival Rhein 89

Die amerikanische Freundin 157

Böse Blicke

Nachspiel (1) als Vorspiel

Die Witwe des Hauptkommissars Julius Maiert kratzte sanft mit dem Nagel ihres Zeigefingers über den Rücken des jungen Mannes, der neben ihr eingeschlafen war. Ungewohnt war die Stille im Bett: Ihr Ehemann hatte geschnarcht. Die vergangenen Jahre, Maria Maiert schienen es Jahrzehnte, hatte der Kriminalhauptkommissar nicht viel mehr getan im Bett. Hingegeben hatte er sich nur der Arbeit. Maria sog die Luft ein und roch den Mann, den sie zuvor ausgiebig geschmeckt hatte, witterte ihn genussvoll. Bei ihrem Pfeife rauchenden Mann hatte nur Tabak in der Luft gelegen.
So eng war Maria mit dem jungen Mann zum ersten Mal zusammen. Er dachte wohl, er müsse sie trösten über den Tod Jules, ging es ihr durch den Kopf. Zwar hatte er sie seit langem schon verehrt, jetzt aber hatte er sie geliebt. Ach was: sexuell befriedigt. Eines Tages, früher oder später, würde er nicht mehr neben ihr liegen. Er war jung, sie war alt. Sie machte sich keine Illusionen.
Im Schlafzimmer brannte nur ein Nachttischlämpchen, dessen kleine Lichtquelle die Dunkelheit erst richtig sichtbar machte. Maria strich im Halbdunkel dem Schlafenden übers Haar, dann drehte sie sich zur Bettkante, stand auf und warf ihren Morgenmantel über. Es war weit nach Mitternacht. Sie zog die Tür bis auf einen Spalt hinter sich zu und ging ins Bad, wo sie sich die Haare bürstete. Dabei entdeckte sie an ihrem Hals einen Knutschfleck. Sie lächelte und versuchte, sich an den vorausgegangenen zu erinnern. Dazu fiel ihr aber nichts ein.

Lag das so viele Jahre zurück? Wie viele solche Flecke würde es noch geben? Auf dem Weg zur Küche schaute sie durch den Türspalt auf das Bett, wo ihr Junge friedlich schlief.
Maria füllte sich in der Küche den Rest aus der Weinflasche in eines der beiden Gläser auf dem Küchentisch und trank einen Schluck. Sie steckte sich eine Zigarette an, hielt jedoch nach dem ersten Zug inne und drückte sie dann im Aschenbecher aus. Glimmstängel in den Mund zu stecken, das war nun nicht mehr nötig. Auch würde die Wohnung zur rauchfreien Zone erklärt.
Maria stand auf, öffnete den Kühlschrank und griff aus dem Tiefkühlfach eine Schachtel mit der Aufschrift „Bio-Spinat", öffnete sie und entnahm ihr einen dicken Briefumschlag. Gut versteckt! Sie war nicht umsonst die Frau eines Kriminalhauptkommissars. Mehrere Briefbögen steckten in dem Umschlag. Sie las die Seiten, obwohl sie den Inhalt inzwischen fast auswendig kannte.

Erster Teil

1.

Zwei Wochen vor seinem gewaltsamen Tod saß Kriminalhauptkommissar Julius Maiert im Vernehmungsraum einem sympathisch aussehenden Mann gegenüber, der offensichtlich zwei Menschen umgebracht hatte. Der mutmaßliche Täter Kevin Stopf starrte vor sich hin, vielleicht auf seine tadellos manikürten Fingernägel, und schwieg. In seinem Beruf als Gymnasiallehrer konnte er sonst stundenlang reden; jetzt hatte es ihm offenbar die Sprache verschlagen. Oder er wollte einfach nicht reden. Er erschien dem Hauptkommissar nicht verstockt, vielleicht einfach sprachlos gegenüber seiner eigenen Untat. Was nachvollziehbar war. Man schlachtet nicht alle Tage Ehefrau und Tochter ab.

Maiert stopfte behutsam seine Pfeife. Er hatte zuvor gefragt, ob es Herrn Stopf störe, wenn er rauche. Der schüttelte den Kopf. In der Schule hatte er den Jugendlichen die Gefahren des Rauchens für die Gesundheit eindringlich geschildert. Außerdem sei es unhygienisch, und gelbe Zähne und Finger seien hässlich. Der Mann schaute verstohlen auf den Hauptkommissar, doch blendete ihn die Lampe auf dem Bürotisch etwas, so dass er nicht feststellen konnte, wie weit nun Maiert vom Tabak gezeichnet war. Doch was ging es ihn eigentlich an, ob der Kriminalbeamte rauchte oder nicht. Stopf hatte andere Probleme.
Maiert steckte seine Pfeife an, sog bedächtig den Rauch ein und blies ihn wieder aus, allerdings zur Seite, als ahnte er, dass der Lehrer gegen das Rauchen war. Nach ein paar langen Zügen, bei denen Maiert den Rauch kühl über die

Zunge gurgeln ließ, begann er:
„Herr Stopf, Sie wollen nicht sprechen. Das ist Ihr gutes Recht. Also spreche ich und versuche die Sachlage so darzulegen, wie sie sich mir darstellt. Wenn Sie wollen, können Sie ja bestätigend nicken oder verneinend den Kopf schütteln. Aber es ist natürlich auch Ihr gutes Recht, weder das eine noch das andere zu tun. Wie ich schon sagte, können Sie auch einen Rechtsanwalt hinzuziehen. Nein? Danke für Ihr Zeichen."
Maiert sog an seiner Pfeife.
„Unseren Ermittlungen zufolge verlassen Sie gegen 13.30 Uhr Ihre Schule und begeben sich zu Fuß nach Hause. Zehn Minuten später könnten Sie dort eingetroffen sein. Das Essen steht schon auf dem Tisch. Was dann genau passiert, wissen wir nicht. Sie wollen es mir nicht erzählen? Nein? Nein. Schade, es ist so frustrierend, das Wie und Warum nicht zu wissen. Nun, Sie entscheiden darüber, ob Sie etwas aussagen oder nicht.
Kurz vor 15 Uhr kommt ihre Schwiegermutter. Sie hat, wie sie aussagte, einen Hausschlüssel, weil sie oft ihr Enkelkind betreut. Sie tritt ein und sieht Sie im Esszimmer am gedeckten Tisch sitzen; Sie haben das Essen aber nicht angerührt, wie wir feststellten. Wie Ihre Schwiegermutter aussagte, erhält sie keine Antwort auf ihre Fragen, was los sei und wo Frau und Kind seien. Ihre Schwiegermutter ist beunruhigt, ruft nach den beiden, erhält keine Antwort und geht in die Küche. Dort sieht sie Ihre Frau in einer Blutlache auf dem Boden liegen. Nach diesem ersten Schock eilt sie durch das Haus und findet Ihr Enkelkind, also Ihre Tochter, tot im Badezimmer."
Maiert schwieg eine Weile, sog an seiner Pfeife.
„Ihre Schwiegermutter bricht, wie sie berichtete, zusammen und kann erst nach einer geraumen Zeit die Polizei alarmie-

ren. Eine Polizeistreife kommt, und später treffe dann ich mit meiner Kollegin ein", sagte Maiert und nickte zu Kommissarin Margarete Seiffert an seiner Seite hinüber. Er sog erneut an seiner Pfeife.

„Das also wissen wir. Die Spurensicherung und der Befund des Gerichtsmediziners haben ergeben, dass Ihre Frau und Ihre Tochter, Herr Stopf, mit einem Küchenmesser erstochen wurden. Beide Opfer weisen zahlreiche Stichwunden auf. Auf dem Griff des Messers, das auf dem Boden im Badezimmer liegt, findet man Ihre Fingerabdrücke. An Ihren Händen und an Kleidungsstücken von Ihnen wird Blut Ihrer Frau und Ihrer Tochter festgestellt. Als möglicher Zeitpunkt des Todes der beiden gilt eine Zeitspanne von 14 bis 15.00 Uhr. Spuren weiterer Personen, außer denen Ihrer Angehörigen, werden nicht gefunden. Herr Stopf," sagte Maiert, „alles deutet darauf hin, dass Sie die beiden getötet haben. Haben Sie das?"

Der Lehrer hatte mit gesenktem Kopf stumm da gesessen, unbeweglich, kaum schien er zu wagen zu atmen. Eine lange Stille folgte. Schließlich nickte Stopf mit dem Kopf.

„Sie gestehen also die Tat?"

Wieder nickte er. Maiert saß da und schwieg. Dann zündete er seine inzwischen erloschene Pfeife wieder an und sagte nach einigen Zügen:

„Gut. Die Frage, die uns jetzt noch interessiert, ist: Warum? Gab es einen konkreten Anlass, Ihre Frau und Ihre Tochter zu töten? Hatten Sie Streit?, Standen Sie unter außergewöhnlichem Stress?"

Stopf schwieg weiter, saß regungslos auf der anderen Seite des Schreibtischs. Maiert stand auf und schritt im Zimmer auf und ab. Seine junge Kollegin, die erst seit kurzem mit ihm zusammenarbeitete, schaute von ihm zum Lehrer und von dem wieder auf den Hauptkommissar. Dieser blieb ne-

ben Stopf stehen und sagte leise:
„Sie geben zu, die Tat begangen zu haben, aber Sie geben uns keine Erklärung dafür. In der Schule lobt Sie Ihr Direktor für Ihre aufopfernde Arbeit. Kollegen schildern Sie als hilfsbereit und überlegt. Von besonderem Stress mit den Schülern oder deren Eltern ist nichts bekannt. Ihre Schwiegermutter meint, dass Sie ein guter Ehemann, guter Vater gewesen seien, allenfalls etwas pedantisch. Wirtschaftliche Probleme haben Sie, so weit wir das nachprüfen konnten, nicht. Niemand hätte Ihnen eine solche Tat zugetraut, keiner kann es fassen. Himmel, Herr Stopf, helfen Sie uns, Ihre Tat zu verstehen! Wie konnte es dazu kommen?"
Doch Stopf schwieg, schaute vor sich hin, betrachtete vielleicht seine tadellos manikürten Fingernägel. Vielleicht wusste er einfach nichts. Er blickte nicht auf. Er schien in sich zu blicken - in einen Abgrund.
Maiert seufzte und fragte ihn, ob er bereit sei, ein Tatgeständnis zu unterschreiben. Stopf nickte.
„Gut. Meine Kollegin schreibt gleich ein Protokoll dieser Vernehmung mit Ihrem Geständnis."
Er ließ einen uniformierten Beamten kommen und Stopf abführen. Maiert sog an seiner Pfeife. Der Fall schien gelöst, doch eine Lösung nicht in Sicht.

2.

„Ihre Ruhe und Gelassenheit möchte ich haben", sagte Margarete Seiffert. „Und so menschenfreundlich mit einem Kerl umzugehen, der seine Frau und seine Tochter umgebracht hat! Was für ein Monster! Das Böse, das Böse!"
Maiert sah sie an und fragte nachdenklich:

„Das Böse? Ich weiß nicht, was das ist. Ich weiß nur: Wir alle, oder die meisten von uns, hegen immer wieder böse Gedanken. Und manche von uns verüben böse Taten. Was unseren mutmaßlichen Täter betrifft..."
„Mutmaßlich?! Aber Chef, alles spricht gegen ihn. Und jetzt noch sein Geständnis."
„Er ist aber noch nicht verurteilt."
„Natürlich nicht. Aber zweifeln Sie daran, dass er es wird?"
„Weiß ich nicht. Die psychologischen Gutachter werden das Wort haben. Ich zweifle nicht daran, dass er der Täter ist. Aber ich bin nicht sein Richter. Ich spreche keinen Schuldspruch aus."
„Nein, das tun Sie nicht, das tun wir nicht. Aber seine Schuld ist doch offenkundig."
„Seine Untat ist offenkundig. Das alles ist jetzt mehr oder minder aktenkundig. Aber die Schuldfrage?" Maiert hielt einen Moment inne. „Die Schuldfrage. Liebe Kollegin, was wissen Sie von meinen Taten oder Untaten? Was weiß ich von den Ihren? Nur eines ist offenkundig: Unsere Untaten sind nicht aktenkundig. Der uns betreffende Schuldspruch steht noch aus."
Maiert sah der Kollegin den Unmut ins Gesicht geschrieben.
„Alles verstehen heißt nicht, alles billigen", sagte er. „Selbst wenn Sachverständige unseren Täter als unzurechnungsfähig bezeichnen sollten, ist eine solche Bluttat natürlich nie zu rechtfertigen, nie zu entschuldigen. Aber der Mensch, der Mensch! Wissen Sie, Frau Seiffert, ich versuche mich selbst in diesem Täter, diesem Monster, wie Sie sagen, zu erkennen. Hätte nicht ein jeder von uns schon einmal am liebsten einem anderen oder einer anderen den Hals umgedreht? Selbst dem Liebsten oder der Liebsten."
„Aber der da hat's gemacht", trumpfte sie auf.

„Ja, der da hat's gemacht."
Später tauschte sich Margarete Seiffert mit ihrem Kollegen Fritz Breuern, der schon viele Jahre mit dem Hauptkommissar zusammenarbeitete, über das Gespräch mit Maiert aus. Da habe er ja sehr viel Geduld mit ihr gehabt, meinte Fritz, und habe gegenüber der neuen Mitarbeiterin im Team richtig väterlich-pädagogisch gehandelt.
„Spotte nur! Er war etwas schulmeisterlich. Ich weiß natürlich, dass wir die Ermittler und nicht die Richter sind. Aber finstere Gedanken hegen und böse Taten verüben, das sind zwei Paar Stiefel. Dabei kam mir das doch recht akademisch vor. Ich mag zwar auch was auf dem Kerbholz haben..."
„Na, erzähl mal!", warf Fritz ein.
„... ich vielleicht schon, aber der Chef? Er wäre der Letzte, dem ich so etwas zutraute. Er scheint mir eine Seele von Mensch. Ich frage mich nur, warum er Kriminalbeamter geworden ist."
„Vielleicht nur, weil sein Vater es auch war. Er war hier Hauptkommissar. Hör zu, Mäggi! Ich denke ja wie du. Ich habe nie behauptet oder je gedacht, dass der Chef zu einer Untat fähig wäre."
„Na, da sind wir uns ja einig. Aber mit dir ist das was Anderes."
„Ah, mir traust du wohl einiges zu?"
„Alles," sagte Mäggi. „Dir traue ich alles zu. Du bist ein Mann!"

3.

Später schaute Maiert vom Fenster seines Büros auf die Kastanienbäume im Hof. Bei jedem Windstoß flatterten

Blätter zur Erde. Er rauchte seine Pfeife und gab sich der Wehmut hin. Das würde sein letzter Herbst im Dienst sein. Dann die Pensionierung und dann nur noch Gartenarbeit, zum Beispiel Laub rechen. Das stand an diesem Nachmittag an. Er hatte Maria versprochen, das viele Laub im Schrebergarten mit ihrer Hilfe auf den Komposthaufen zu bringen. In seinem, von seinem Vater geerbten Schrebergarten, wie seine Frau immer betonte. Auch musste die Hütte im Garten winterfest gemacht werden, nachdem es an einer Stelle des Dachs hereingeregnet hatte.

Maiert schaute auf den leeren Schreibtisch. Es gab wirklich nichts zu tun. Auch musste die Zahl der Überstunden endlich etwas abgebaut werden. Er lockerte die Asche im Pfeifenkopf und leerte den Inhalt in den Aschenbecher. Den Mantel über dem Arm, trat er in den anliegenden Raum zu seinen Mitarbeitern, die Akten aufarbeiteten. Schon wollte er „Tschüss, Jungs" sagen, doch fiel ihm rechtzeitig ein, dass es jetzt ja auch eine Kommissarin gab. Er grüßte sie und nickte Fritz zu. Dieser war regelmäßig Gast bei dem kinderlosen Ehepaar Maiert und auch heute zum Abendessen eingeladen. Bei der Kriminalpolizei sprach man schon lange vom „Adoptivsohn" des Hauptkommissars.

Das Telefon klingelte. Fritz nahm den Hörer ab, machte sich eine Notiz und antwortete, sie würden gleich kommen. Zu Maiert und seiner Kollegin sagte er dann, dass es offenbar einen Selbstmord gegeben habe. Einen Sprung aus dem achten Stock.

„Na, dann macht mal, Jungs, ich meine, macht mal!", sagte Maiert. Gemeinsam gingen sie zum Aufzug und trennten sich im Hof. Er hörte noch, wie Fritz zu Mäggi sagte, man müsse in die Heinestraße. Maiert stutzte, stand neben seinem Wagen, sah die beiden Kommissare wegfahren und grübelte. Heinestraße? Heinestraße?

Er fuhr los. Es war noch früh am Nachmittag, wenig Verkehr, so dass er zur Vorstadt nicht mehr als eine Viertelstunde brauchen würde. Heinestraße! Maiert trat auf die Bremse, fast hätte er eine Radfahrerin gerammt, die von rechts kam. Auch die Frau hatte eine Vollbremsung gemacht und wäre beinahe gestürzt. Er schnallte sich los, öffnete die Tür, trat zu ihr und entschuldigte sich. Es war nichts passiert. Das nächste Mal werde sie die Polizei rufen, schrie die Frau im Weiterfahren. Dass die schon hier sei, diese Erklärung Maierts bekam sie gar nicht mehr mit. Hinter ihm hupte es. Ein Autofahrer machte eine fragende Geste. Entschuldigend hob er die Hand, setzte sich wieder hinter das Steuer und fuhr weiter.

Später beschwerte sich Maria im Garten, dass Jule so unkonzentriert bei der Arbeit sei. Die Hälfte der Blätter bleibe liegen. Sie habe keine Lust, hinter ihm herzuräumen. Was denn los sei. Er seufzte und sagte, es habe offenbar einen Selbstmord gegeben – in der Heinestraße. Und was ihn daran so beschäftige, war die Frage seiner Frau.

„Heinestraße, da ist doch die Bank, und da wohnt Grün."

„Himmel, Jule, in der Straße wohnen Hunderte von Menschen! Dass der Grün dort wohnt, besagt doch gar nichts."

Da schrillte Maierts Handy. Er hörte es, obwohl es drüben in seinem Mantel im Gartenhäuschen steckte; er hörte es, weil er die ganze Zeit schon gelauscht hatte. Er ging zur Hütte, nahm das Handy ans Ohr und vernahm die Stimme von Fritz. „Hallo, Chef. Es ist was Ernstes. Der Tote ist ein bekannter Bankier. Grün, Salomon Grün."

Maiert zuckte zusammen. Ob es sich denn wirklich um einem Selbstmord handle.

„Ganz offensichtlich", antwortete Fritz. Grüns Frau und die Haushälterin seien Zeugen. Aber die Frau, die Ehefrau, benehme sich schon seltsam. Was das denn nun heißen solle, wollte Maiert wissen.

„Na ja, nicht so, wie man es von einer frisch verwitweten Frau erwartet. Mehr eine lustige oder besser eine frivole Witwe. Aber egal. Der Tote scheint in Finanzkreisen eine bekannte Persönlichkeit gewesen zu sein. Die ersten Presseleute sind schon da. Das wird einen Medienrummel geben."

Diesen liebte Fritz so wenig wie Maiert, der ankündigte, er mache sich gleich auf den Weg. Fritz solle Bierlein zum Tatort bestellen; der Polizeisprecher müsse ihnen dann die Journalisten vom Hals halten.

Maria sah ihrem Mann an, dass etwas Schwerwiegendes vorgefallen war. Als er ihr den Tod Grüns mitteilte, war ihr klar, dass das kein Fall sein würde wie all die anderen.

Er fahre sofort hin, sagte Maiert, ob er sie in die Stadt mitnehmen solle. Nein, nein, sie wolle weitermachen. Das lenke sie ab. Er werde ja vermutlich eh spät nach Hause kommen. Sie legte ihm die Hand auf den Arm und sagte:

„Jule, nimm es nicht..., ich meine..., ach, pass auf dich auf!"

Sie sah, wie ihr Mann ins Auto stieg und davonfuhr, betrachtete lange das Gartenhäuschen und nahm schließlich das Laubrechen wieder auf. Später hielt sie einmal inne und dachte: Ich sehne mich nach der Zeit zurück, in der der Tango heiter war. Sie schüttelte den Kopf und wunderte sich, wie ihr diese Worte in den Sinn geraten waren. Es waren Jahrzehnte her, dass sie das letzte Mal Tango getanzt hatte. Und Tango und heiter, das passte ja auch nicht so richtig zusammen.

4.

Maiert bog in die Heinestraße ein. Ein Stück weiter vorn war die linke Straßenseite abgesperrt. Blaulicht, uniformierte Polizisten, eine Menge Neugieriger. Einer der Beamten wies den Hauptkommissar in eine Parklücke ein. Kaum war er ausgestiegen, trat Fritz zu ihm und sagte, dass die Leiche noch drüben liege. Man habe auf ihn gewartet. Maier ging zu dem zugedeckten Leichnam und fragte den daneben stehenden Gerichtsmediziner Dr. Schmitt, was er dazu sagen könne.
„Da gibt es wenig zu sagen. Wer vom achten Stock auf den Bürgersteig knallt… Auf den ersten Blick ist mir nichts Besonderes aufgefallen. Da müssen Sie schon den Obduktionsbericht abwarten."
Maiert nickte und sagte, man könne dann die Leiche wegbringen.
In der Zwischenzeit hatte Fritz jedoch die Decke angehoben. Es war kein schöner Anblick. Maiert, in vielen Dienstjahren eigentlich genug abgehärtet, drehte trotzdem schnell den Kopf zur Seite. So hatte er sich eine Begegnung mit Grün nicht vorgestellt. Im Grunde hatte er sich ein Treffen mit dem Bankier bis dahin nie vorgestellt. Für ihn war Grün durch die Erzählung seines Vaters mehr eine Legende als eine reale Gestalt gewesen.
Maiert ging mit Fritz ein paar Schritte zur Seite und sah ihn fragend an.
„Grüns Frau sagte aus, es habe wieder einmal Streit mit ihrem Mann gegeben. Das bestätigte die Haushälterin, eine Italienerin. Dann ist ihr Mann, sagte die Grün, auf die Terrasse gegangen, hat einen Stuhl ans Geländer gezogen, ist darauf gestiegen und hinuntergesprungen. Den Sprung hat die Haushälterin vom Küchenfenster aus beobachtet."

Maiert blickte Fritz ungläubig an und fragte, was denn Grüns Frau gemacht habe bei der ganzen Sache.
„Offenbar dagesessen und zugeschaut."
Maiert schüttelte den Kopf. Ob es sonst noch Zeugen gebe.
„Bisher nur den Portier des Gebäudes. Er ist gerade draußen gestanden und hat eine Zigarette geraucht, als der Körper neben ihm auf den Gehsteig prallte. Der Portier ist ziemlich geschockt. Ein Sanitäter kümmere sich um ihn."
Maiert fragte nach der Kollegin.
„Die ist oben in der Wohnung und wartet. Nachher will sie die Wohnungen in den Stockwerken darunter abklappern und herausbekommen, ob jemand etwas Sachdienliches weiß. Die Bank ist schon geschlossen. Um die kümmern wir uns dann morgen."
Die beiden nahmen den Aufzug und fuhren nach oben. Die Wohnung nehme den ganzen Dachstock ein, mit tollem Blick auf die City, sagte Fritz. Schwieg dann, fühlte sich unsicher, da Maiert an diesem Tag anders reagierte als sonst, zögerlicher, fast gehemmt. Dann brach es doch aus Fritz heraus:
„Diese Grün ist ein richtiges Luder! Eiskalt!"
„Dann wollen wir das Luder doch mal näher kennen lernen."
Neben der angelehnten Wohnungstür stand ein uniformierter Polizist und grüßte den Hauptkommissar. Er nickte ihm zu und trat mit Fritz in den Flur. Dort saß auf einem Stuhl weinend die Haushälterin. Fritz stellte sie als Concetta Esposito vor.
„Commissario, was für eine Tragödie! Aber wie lange muss ich noch hierbleiben? Heute ist Mittwoch, mein freier Nachmittag. Meine Kinder warten zu Hause."
Maiert sagte, sie müsse leider noch kurz bleiben, da er sie noch sprechen müsse, aber dann könne sie gehen. Wo Frau

Grün sei.

„Sie ist im Salon, da links rein. Ich gehe dann in die Küche. Wollen Sie einen Espresso?"

Maiert schüttelte den Kopf, trat zu der Salontür, klopfte und öffnete, ohne auf ein „Herein" zu warten. Nach ein paar Schritten blieb er plötzlich stehen, so dass Fritz fast auf ihn gestoßen wäre. Maiert blickte auf die Rothaarige, die rechts neben ihm in einem Sessel lümmelte. Er kannte Patrizia Grün nur von Fotos aus Illustrierten, die er im Wartezimmer seines Zahnarztes durchgeblättert hatte. Dort hatte er vor vier oder fünf Jahren von der einmal als Bardame, einmal als Stripperin bezeichneten Frau und ihrer Hochzeit mit dem gut 40 Jahre älteren Bankier Grün gelesen.

Die Witwe rauchte und musterte Maiert von Kopf bis Unterleib. Dann machte sie mit der Hand, die die Zigarette hielt, eine Bewegung und sagte: „Setzen Sie sich doch, meine Herren!"

Ihr gegenüber saß Margarete Seiffert auf einem Sofa, doch machte es nicht den Anschein, dass die beiden Konversation gemacht hätten. Die Kommissarin stand auf und warf ihrem Chef einen genervten Blick zu.

„Hauptkommissar Maiert. Meinen Kollegen, Kommissar Breuern, kennen Sie ja bereits schon."

Maiert blieb stehen, deutete eine Verbeugung an, die ausgestreckte Hand Frau Grüns übersah er. Seine Kollegin sagte, sie mache sich an die Arbeit, und verließ das Zimmer. Er zögerte, setzte sich dann aber doch auf das Sofa. Fritz blieb stehen.

An der Wand hinter Frau Grün hing ein großformatiges Ölbild mit dem Portrait des Bankiers. Maiert betrachtete es, schwieg, räusperte sich und sagte zu der Frau, dass sie zwar seinen Kollegen schon alles erzählt habe, er es aber mit ihren Worten nochmals hören wolle.

„Wenn es der Wahrheitsfindung dient, Herr Kommissar, eh, Herr Hauptkommissar. Wie Sie wünschen, obwohl es langsam öde wird, immer wieder das Gleiche zu erzählen. Also, wie ich Ihren Kollegen schon sagte: Es hat eine Auseinandersetzung gegeben. Wieder mal. Und warum? Nun, ich bin wieder mal spät nach Hause gekommen, eigentlich früh, heute Morgen nämlich. Nun, ein Wort hat das das andere gegeben. Da hat er gedroht, sich hinunterzustürzen."

Maiert unterbrach sie und fragte, ob sie durch diese Drohung nicht beunruhigt gewesen sei.

„Ach, Herr Kommissar, eh, Herr Hauptkommissar, wenn man das schon ein Dutzend Mal gehört hat… Nein, ich habe es nicht ernst genommen Warum sollte ich auch? Aber diesmal hat er es doch getan. Überraschenderweise. Hätte ich nie geglaubt, dass er den Mumm dazu hat."

„Das alles scheint Sie wenig zu berühren."

„Herr Kommissar, eh, Herr Hauptkommissar, soll ich groß Trauer heucheln? Alle Welt weiß doch, dass ich ihn nur seines Geldes wegen geheiratet habe. Weil er ein bekannter Bankier ist, eh, war. Warum sollte ich ihn auch sonst geheiratet haben? Etwa weil er viele Gedichte zitieren konnte, von diesem Heine oder Heini. Das reicht einem nach dem dritten Mal."

Maiert starrte sie an. War sie so gefühlsarm, so kaltschnäuzig, oder war alles nur Schau?

„Schildern Sie genauer, was vorgefallen ist, was Ihr Mann, was Sie geredet haben!"

„Himmel, ich kann mich doch an das Geschwätz nicht in allen Einzelheiten erinnern. Wir haben diese Debatten schon x-mal durchgemacht. Einfach ätzend! Ging bei mir zum einen Ohr rein und zum anderen raus. Aber halt! Jetzt fällt mir doch noch was ein: Mein Mann hat etwas Kurioses gesagt. Er hat plötzlich gesagt: 'Es ist todsicher.' Ich habe nachgefragt, was er damit meint. Er hat wiederholt: 'Es ist todsicher.' Als ich gefragt habe, ob er meint, dass es morgen regnen würde, denn wir hatten kurz vorher auch über das Wetter gestritten, hat er nur gesagt: 'Es ist todsicher – das ist sicher.' Aber was hat er denn damit gemeint? Seinen Sprung etwa? Oder doch das Wetter?"

Maiert stand halb auf, setzte sich wieder und sagte ruhig, allerdings mit großer Anstrengung:

„Frau Grün, Ihr Mann springt in den Tod, und nicht mal ein oder zwei Stunden später, wollen Sie sich nicht mehr daran erinnern können, über was sie davor genau sprachen?"

„Na, Sie sind gut, Herr Kommissar, eh, Hauptkommissar! Was heißt hier ▢nicht wollen'? Ich bin sicher, dass ich mir seine letzten Worte gemerkt hätte, hätte er mir zuvor gesagt, dass es seine allerletzten Worte sein würden. Aber so ist das Leben. Es ist voller Überraschungen. Finden Sie nicht auch , Herr Kommissar, eh, Herr Hauptkommissar?"

Maiert musste sich mit aller Gewalt zusammenreißen.

„Wenn Sie schon nicht in der Lage sind, mir zu sagen, was Sie genau mit Ihrem Mann gesprochen haben, dann erinnern Sie sich vielleicht aber doch etwas genauer, was nach dem Streit passierte", presste er heraus.

Frau Grün nahm sich eine neue Zigarette aus dem Päckchen vor sich, kaum hatte sie den Rest der vorigen im Aschenbecher ausgedrückt. Sie wartete mit der Zigarette zwischen den Fingern, aber keiner der Gentlemen gab ihr Feuer. Sie zuckte mit den Schultern, zündete sich selbst die Zigarette an und musterte den Hauptkommissar.

„Ich habe gefragt, was genau passiert ist."

„Ach ja, Herr Kommissar, eh Herr Hauptkommissar. Was hätte ich denn an Ihrer Stelle tun sollen? Auch hinausge-

hen? Es ist Herbst, draußen ist es frisch. Sollte ich mich erkälten?", sagte sie und legte eine Hand in Brusthöhe auf ihre durchsichtige Bluse. Aber ich habe ihm nachgeguckt, denn ich war doch leicht überrascht, was er so getrieben hat."
„Und was hat er so getrieben?"
„Nun, habe ich es nicht schon erzählt? Nein? Also: Er hat einen Gartenstuhl an die Brüstung gezogen, ist auf den Stuhl gestiegen, dann auf die Brüstung und ist hinunter gesprungen. Und das war's."
„Hat er sich zuvor noch einmal umgedreht?"
„He, Herr Kommissar, eh Herr Hauptkommissar, das stimmt! Woher wissen Sie denn das? Tatsächlich, auf dem Stuhl hat er sich umgedreht und zu mir geschaut."
„Und Sie?"
„Na, ich habe zurückgeschaut. Vermutlich habe ich eine fragende Geste gemacht, die Schultern gehoben oder so."
„Das war alles?"
„Hören Sie, Herr Kommissar, eh Herr Hauptkommissar: Erstens habe ich das alles nicht ernst genommen, und zweitens: Was sollte ich denn machen, als er tatsächlich hinuntergesprungen ist? Sollte ich hinterherspringen? Dass er dann gesprungen ist, kurz und schmerzlos, das hatte, muss ich zugeben, irgendwie Stil. Er war letztlich vielleicht doch ein...ein Mann. Nein, das nicht. Ein Gentleman."
Maier hatte seine Hände ineinander verkrampft.
„Und was haben Sie dann gemacht?"
„Ich habe zunächst gar nichts gemacht. Ich bin dagesessen. Es ist doch eine größere Überraschung gewesen, das alles. Dann ist diese verrückte Concetta wie eine Irre hereingelaufen. Hat Gesu gerufen, Santa Lucia und tausend andere Namen von italienischen Heiligen. Sie ist auf die Terrasse gestürzt und hat sich über die Brüstung gebeugt."

„Und Sie?"
„Ich habe schon befürchtet, dass dieses dumme Ding hinterherspringt. Sie verehrt nämlich meinen Mann wie einen Halbgott. Er hat sie aber auch fürstlich entlohnt."
„Und Sie?"
„Und ich, ich habe die Polizei angerufen. War doch meine Pflicht, nicht wahr, Herr Kommissar, eh, Herr Hauptkommissar?"
Maiert blickt sie lange an, dann stand er auf und sagte, sie solle am nächsten Tag um zehn Uhr ins Polizeipräsidium kommen, wo dann ein schriftliches Protokoll erstellt werde, das sie unterschreiben müsse.
„Um Zehn? Geht es nicht später? Da gehe ich manchmal erst ins Bett."
Maiert sagte, dann müsse sie eben einmal mit ihren Gewohnheiten brechen. Es springe ja nicht jeden Tag ein Ehemann von ihr in die Tiefe. Vor der Tür drehte er sich um und fragte, ob es eigentlich ein Testament gebe und wer die Erben seien.
„Oh, mein Mann ist, eh, war so penibel. Ich bin sicher, dass es ein Testament gibt. Und wenn ich nicht die Erbin wäre, wäre das wirklich eine böse Überraschung für mich. Nicht wahr, Herr Kommissar, eh, Herr Hauptkommissar?"
„Also morgen um zehn Uhr im Büro. Und wenn Sie nicht erscheinen, schicke ich einen Streifenwagen und lasse Sie herbringen."
„Eine charmante Idee: Draußen stehen dann die Presseleute, machen ihre Fotos und ich hebe meine Hände mit den Handschellen hoch."
Doch Maiert war schon aus dem Zimmer gegangen, und Fritz schoss hinterher. Er hörte Maiert im Flur murmeln: „Ich bin ja nicht prüde, aber das geht zu weit."
Fritz nahm an, dass sein Chef nicht auf den fehlenden BH

unter der durchsichtigen Bluse anspielte.

6.

Maiert schritt, die Hände auf dem Rücken verschränkt und die kalte Pfeife zwischen die Lippen gepresst, in seinem Büro auf und ab. Er hatte seine Frau angerufen, dass sie mit dem Abendessen nicht auf ihn und Fritz warten solle. Bevor er Grüns Wohnung verließ, hatte er noch kurz die Haushälterin vernommen. Sie bestätigte unter Tränen die Aussagen Frau Grüns über den Verlauf des Selbstmordes. Er sei so ein guter Padrone gewesen. Und seine Frau? Da wolle sie lieber nichts sagen, um nichts Böses sagen zu müssen. Ob es Männerbesuche gegeben habe? Nein, eigentlich sei nie jemand zu Besuch gekommen, soweit sie wisse. Aber Anrufe von Männern, die Frau Grün sprechen wollten, die habe es viele, viele gegeben. Frau Grün sei oft morgens nach Hause gekommen, als sie, Concetta, schon in der Wohnung aufräumte oder kochte.
„Ich bin nämlich eine gute Köchin. Ach, was passiert jetzt mit dem Abendessen? Die Pasta al Forno, die steht im Herd warm. Der Herr Bankier hat Pasta al Forno so gerne gegessen. Die Signora isst ja nur wie ein Täubchen, nein, wie ein junger Geier: Sie isst nicht viel, schlingt das aber hinunter. Und was geschieht jetzt mit ihr? Selbst wenn mich die Signora weiter beschäftigen will, ich werde mich nach einer neuen Arbeit umsehen. Ohne den Padrone ist das nicht auszuhalten mit dieser Frau und ihrem großen Mund."
Maiert hatte die Italienerin nach Hause geschickt und Fritz beauftragt, die Kollegin bei der Befragung der Hauseinwohner zu unterstützen. Anschließend sollten sie ins Büro

kommen, wo er auf sie warten werde.
Als er auf die Heinestraße trat, stürzten sich die Presseleute auf ihn. Er winkte den Polizeisprecher zu sich, der sich bei ihnen aufgehalten hatte, und trat mit ihm ins Haus zurück. Ein uniformierter Polizist sorgte weiter dafür, dass nur Bewohner des Gebäudes eintreten konnten. Maiert sagte Bierlein, er könne die Journalisten informieren, dass es sich nach den bisherigen Ermittlungen ganz offensichtlich um einen Selbstmord handle. Das Motiv sei noch unklar. Es werde weiter ermittelt. Mehr gebe es im Augenblick nicht zu sagen. Als die beiden auf die Straße traten, stürzten erneut die Journalisten herbei. Maiert verwies auf Bierlein, stieg in seinen Wagen und fuhr ins Büro.

Er ging vor seinem Schreibtisch auf und ab. Dazwischen starrte er immer wieder in die Herbstnacht. Wie die Blätter fielen, konnte er nicht mehr sehen, aber er glaubte, ihr Fallen zu hören. Immer wieder schaute er hinaus ins Dunkel und zurück in die Vergangenheit. Er erinnerte sich daran, was ihm sein vor vielen Jahren verstorbener Vater über die Familie Grün erzählt hatte. Viel war es nicht gewesen. Sein Vater hatte hierzu nur wenige Worte gemacht. Und das alles vermischte sich mit den jüngsten Eindrücken von der Leiche und der Witwe.
Fritz und Mäggi kamen eine Stunde später. Sie berichteten, dass keiner der befragten Bewohner des Gebäudes etwas gehört oder gesehen habe. Offenbar gab es so gut wie keinen persönlichen Kontakt zu dem Ehepaar Grün, der über einen Gruß im Fahrstuhl oder bei einer zufälligen Begegnung im Haus oder auf der Straße hinausgegangen wäre.
„Also nichts, was gegen die Version von der Grün spricht", meinte Fritz. „Das habe ich nach ihrer brutalen Aussage auch nicht erwartet. Sie…"

Er wolle keine Meinungen hören, sondern Fakten, unterbrach ihn Maiert. Vielleicht bringe die Gerichtsmedizin ja noch neue Erkenntnisse, warf Mäggi ein. Vielleicht Kampfspuren, Reste unter den Fingernägeln…
„Hört auf mit den Spekulationen!", fuhr Maiert auf. „Glauben Sie etwa, liebe Kollegin, dass die Frau ihren Mann zur Brüstung geschleppt und runtergeworfen hat? Nein, das bringt nichts."
Mäggi berichtete weiter, dass einige der Befragten Frau Grün als arrogant bezeichnet hätten und als Flittchen. Auf ihre Nachfrage habe sich aber herausgestellt, dass man sich das auf Grund von Zeitschriftenartikeln zusammengereimt habe. Grün sei als freundlicher alter Herr beschrieben worden. Warum er aber gerade diese Frau geheiratet habe, verstehe man nicht. Einer habe geäußert, dass Frau Grün Kontakte zur rechten Szene habe. Was der aber auch nur irgendwo gelesen haben wolle.
„Rechte Szene?", fragte Maiert. „Was soll denn das heißen?"
„Nun, der Betreffende will gelesen haben, das Frau Grün mit solchen Leuten verkehrt, obwohl ihr Mann doch Jude ist."
„Auch dem müssen wir morgen nachgehen, auch wenn mir das alles spanisch vorkommt. Vielleicht erhellt das aber das Motiv für den Selbstmord. Vielleicht wissen ja auch die Kollegen etwas, die sich mit der rechten Szene beschäftigten."
Fritz berichtete schließlich, dass Staatsanwalt Kerner auch noch gekommen sei. Als er hörte, dass der Hauptkommissar sich um den Fall kümmere und dass bisher nichts gegen einen Selbstmord spreche, sei er schnell wieder abgezogen.

Maiert zündete seine erloschene Pfeife an und sagte zu

Mäggi:
„Sie gehen morgen zuerst nochmals in die Heinestraße und sprechen mit dem stellvertretenden Bankdirektor oder wer nach Grün dort der Verantwortliche ist. Wie steht es mit der Bank? Gibt es finanzielle Probleme? Du, Fritz, nimmst morgen das Protokoll mit der Aussage Frau Grüns auf! Ich werde dabei sein. Also, es ist ein langer Tag gewesen. Ich gehe jetzt nach Hause – und ihr auch."
Die beiden Kollegen sahen sich an, als Maiert das Büro verlassen hatte. So angespannt hatten sie ihn noch nie erlebt.
„Irgend etwas ist anders", sagte Mäggi. „Dieser Fall scheint dem Chef richtig an die Nieren zu gehen. Kannte er etwa den Grün oder gar dessen Frau? Anfangs war er doch bei der Sitte gewesen."
„Da weiß ich nicht mehr als du. Von irgend einer Beziehung des Chefs zu dem Bankier weiß ich nichts. Erst recht nicht zu der Grün! Ne, Mäggi, mit Frauen hat er nichts am Hut. Vielleicht früher, wer weiß. Aber heute sicher nicht mehr."
„So meinte ich das doch nicht. Aber woher willst du denn das wissen? Oder hat Mutter Maiert ihrem Adoptivsohn geklagt?"
Fritz guckte sie nur schräg an, sagte dann aber:
„Was sollen die ganzen Spekulationen? Dass die Grün mit ihrem provozierenden Verhalten dem Chef auf den Wecker geht, ist offensichtlich. Aber das tut sie uns auch."
„Was ich nicht verstehe: Warum war Grün seiner Frau gegenüber so hörig", grübelte Mäggi. „Er ließ sich offenbar wissend jahrelang von ihr Hörner aufsetzen. Dabei litt er anscheinend wie ein vernachlässigter Hund – und springt zuletzt aus Verzweiflung noch in den Tod. Versteh' einer die Männer!"
„Warum guckst du mich so an? Ich bin wegen einer Frau noch nie abgestürzt. Im Übrigen: Wenn ich an die Grün

denke, kann ich nur sagen: Versteh' einer die Frauen!"
„Ja, ihr Männer seid doch alle blind! Was den Bankier an dieser Frau so fesselte, das ist zwar ein Rätsel. Aber worauf diese Bindung gründet, ist doch eine uralte Strategie: Die Frau lässt ihn leiden, verletzt ihn, bindet ihn so. Die Frage ist nur, warum gerade diese Frau? Vielleicht erinnerte sie ihn an seine Mutter?"
„Du hättest doch Psychologie fertig studieren sollen. Ich dachte immer, das Schema wäre anders herum: Männer verletzen Frauen, die hörig an ihnen hängen. Auf jeden Fall: Dieses Weib ist ein unverschämter Kotzbrocken."
„Unverschämt auf jeden Fall. Wie sie dich musterte, als wir zu ihr kamen. Sie zog dich geradezu aus mit ihren Blicken. Aber was wundert das bei einer Ex-Stripperin, die das vielleicht Jahre lang seitens der Männerkerle erleben musste."
Fritz guckte Mäggi amüsiert an.
„Grins' nicht so blöd! Eine Frau sieht so was sofort."
„Oh, ich auch; immer wenn du mich ansiehst…"
Er duckte sich rasch und wich so dem auf ihn geworfenen Radiergummi aus. „Beruhige dich, Mäggi! Ich lade dich auch auf einen Drink ein. Ich brauche einen nach einem solchen Tag."
„Lad' mich zu einem Essen ein! Ich habe seit dem Brötchen am Mittag nichts gegessen. Einen Mordshunger habe ich. Ich sage nur: Sushi."

7.

Maiert träumte, ihm sei schwindlig. Mitsamt dem Bett schien er sich zu drehen. Es klingelte. Er wachte auf, doch noch immer schien sich alles um ihn zu drehen. Oder dreh-

te er sich? Und es klingelte unentwegt. Er fühlte sich in einen Mahlstrom, der ihn immer heftiger mit sich riss. Als er sich aufsetzen wollte, wurde das Schwindelgefühl unerträglich. Ihm war, als müsse er sich gleich übergeben. Wieder auf dem Rücken, war der Brechreiz geringer, doch die Karussellfahrt hielt an. Auch den zweiten Versuch sich aufzurichten, gab er sofort wieder auf. Sein Magen revoltierte. Er drehte sich vorsichtig zur Bettkante, er wollte seine Frau neben sich nicht wecken, und glitt dann auf allen Vieren auf den Boden. Der Druck im Magen und der Brechreiz wurden stärker. Maiert krabbelte zur Schlafzimmertür. Unwillkürlich wollte er sich aufrichten, doch er gab es sofort wieder auf, denn ihm schien, dass er sich dann sofort übergeben müsse. Also streckte er den Arm hoch, zog die Türklinke nach unten, öffnete die Tür so weit, dass er durchkam. Auf allen Vieren ging es den Flur Richtung Bad weiter. Der Boden schien sich zu bewegen. Er fühlte sich wie auf einem Schiff bei hohem Seegang. Und alles drehte sich. Immer wieder streifte er die Wand mit der Schulter, stützte sich an der Wand ab, prallte dagegen. Die paar Meter zum Bad schienen eine Ewigkeit, der Druck im Magen nahm zu. Ihm war, als steige der Mageninhalt immer höher.
Die Badetür geöffnet, streckte er sich etwas hoch zum Lichtschalter. Fast gleichzeitig fiel er halb auf den Rücken und starrte zunächst geblendet in die grelle Deckenlampe. Die kreiste in einem irren Tempo vor seinen Augen. Ihm war speiübel. Er schob sich zur Toilettenschüssel, richtete sich etwas auf und sein Mageninhalt ergoss sich halb in die Schüssel, halb daneben. Mit geschlossenen Augen sank er auf den Boden zurück und fühlte sich etwas erleichtert. Er hatte einen ekelhaften Geschmack im Mund, aber der Druck im Magen ließ etwas nach. Doch das Schwindelgefühl hielt an.

Er öffnete seine Augen und sah, dass die Deckenlampe weiter kreiste. Mühsam zog er sich am Waschbecken hoch und starrte in den Spiegel. Seine Pupillen zuckten hin und her. Schweiß stand ihm auf der Stirn. Aufgerichtet wie er war, setzte ein neuer Schub ein. Er sank zurück und es gelang ihm diesmal, rechtzeitig den Kopf über die Kloschüssel zu bringen. Er übergab sich ein weiteres Mal. Erschöpft lag er mit dem Rücken auf den Fliesen und schloss die Augen. Der Magen schien sich leicht beruhigt zu haben, aber das Schwindelgefühl hielt an - und das Klingeln.
„Himmel, Jule, was ist mit dir?"
Maria kniete neben ihrem Mann. Er hatte sie nicht kommen gehört.
„Nichts, nichts", murmelte er mit geschlossenen Augen. „Ich musste mich übergeben. Und mir ist schwindlig. Alles scheint sich um mich zu drehen. Und irgendwas klingelt. Komischerweise aber nur im linken Ohr."
„Ein Hörsturz! Tinnitus!", schrie sie auf, doch er hörte das nicht mehr, denn er übergab sich erneut. Sie wischte ihrem Mann mit einem Waschlappen Mund und Gesicht ab.
„Komm, leg dich auf das Sofa! Ich stelle einen Eimer daneben", sagte sie und wollte ihm aufhelfen.
„Nein, nein! Wenn ich mich aufrichte, ist es noch viel schlimmer. Lass mich! Ich mach' das schon."
Er krabbelte ins Wohnzimmer und wälzte sich mühsam auf das Sofa. Beim Hochgehen wurde es ihm erneut übel, doch diesmal musste er sich nicht erbrechen.
„Hier ist der Eimer", sagte Maria. „Was kann ich für dich tun?"
„Nichts, nichts! Wenn der Magen leer ist, wird es wohl aufhören."
Er versuchte ihr ins Gesicht zu blicken, doch konnte er sie nicht richtig fixieren. Seine Augen wanderten nach oben:

Auch hier kreiste die Deckenlampe. Er schloss die Augen, was eine kleine Erleichterung war, auch wenn er weiter Karussell zu fahren schien.
„Mir dreht sich alles. Windstärke 10 im Kopf. Kopf nicht im Sturm, Sturm im Kopf."
Wieder erbrach er. Diesmal nur etwas gelbliche Flüssigkeit, die gallig schmeckte. Seine Frau kam mit der Hausapotheke gerannt.
„Hier haben wir Tabletten gegen Übelkeit, Schwindel…"
„Nein, nein! Die würde ich doch sofort wieder erbrechen. Wart nur! Jetzt scheint der Magen leer. Gib mir bitte ein Glas Wasser. Ich will mir den Mund spülen; ich habe so einen ekligen Geschmack auf der Zunge."
Er sagte es mit geschlossenen Augen. Der Drehschwindel hielt an, auch wenn er jetzt etwas weniger stark schien als zuvor. Maiert fühlte sich zerschlagen. Irritiert nahm er wahr, dass das Klingeln im linken Ohr weiter anhielt. Maria saß neben ihm und hielt seine Hand.
„Ich werde Dr. Schlemmer anrufen. Wozu ist er unser Hausarzt? Wir haben ihn noch nie außerhalb der Sprechstunde belästigt, Jule."
Er wollte davon nichts wissen. Man könne den Arzt doch nicht mitten in der Nacht aus dem Bett holen. Das sei ihm peinlich. Er wollte sagen, dass das wohl von allein aufhören würde, als wieder etwas Gelbes aus ihm herausbrach.
„So geht das nicht weiter", sagte Maria. „Jetzt rufe ich den ärztlichen Notfalldienst an. Dafür gibt's den doch."
Nachdem sie telefoniert hatte und Jule sagen wollte, dass der Notfallarzt kommen werde, hörte er sie nicht richtig. Er lag mit dem rechten Ohr auf dem Kissen. Mit dem linken Ohr hörte er sie schlecht, nur stark gedämpft – und es klingelte darin.
„Ein Hörsturz, Tinnitus", wiederholte Maria. Und sie hatte

auch gleich eine Erklärung zur Hand: den Stress mit dem Fall Grün.
Jule machte eine abwehrende Handbewegung. Die Frau Doktor solle ihn bitte mit ihrer Diagnose und ihren Erklärungen verschonen.
Eine halbe Stunde später kam der Notarzt zur selben Diagnose: Hörsturz mit Tinnitus. Und der Drehschwindel deute auf Morbus Menière hin. Zumindest bestehe der Verdacht darauf. Gegen die Schwindelanfälle verabreichte er Maiert eine Beruhigungsspritze. Wegen des Schwindels beharrte der Arzt darauf, dass der Kranke gleich in die Universitätsklinik gebracht werde. Maria stimmte dem sofort zu. Zwar versuchte Jule dagegen zu protestieren, die Spritze hatte das Schwindelgefühl schon ein wenig vermindert, doch Frau und Arzt beharrten darauf. Schließlich gab er nach.
Eine halbe Stunde später brachte ein Notfallwagen des Roten Kreuzes Maiert in die Klinik, begleitet von Maria, die in einen Koffer das Wichtigste für einen Krankenhausaufenthalt eingepackt hatte.

8.

„Wo ist denn der kleine dicke Kommissar, eh, Hauptkommissar?"
Fehlte nur noch, dass sie der „süße" sagt, dachte Fritz und schaute mit schiefem Mund auf Frau Grün, die in das Büro getreten war. Sie war halbwegs pünktlich, wobei sie für die kleine Verspätung die vielen Journalisten und Fotografen verantwortlich machte, die sie am Betreten des Polizeipräsidiums behindert hätten. Einer habe sie sogar gefragt, ob sie den Bau eines Waisenhauses für jüdische Kinder finan-

zieren werde, wie es Bankier Grün versprochen habe.
„Aber ich frage Sie: Gibt es denn so viele jüdische Waisen? Mein Mann ist doch tot."
Fritz schnappte nach Luft und tauschte mit Mäggi einen verzweifelten Blick aus. Dann teilte er der Witwe mit, dass Hauptkommissar Maiert leider verhindert sei und er das Protokoll aufnehme.
„Wie schade, „aber Sie sind auch o.k. – und so viel jünger."
Frau Grün setzte sich Fritz gegenüber und ließ ihren Pelzmantel über die nackte Schulter gleiten. Das Protokoll wurde aufgenommen und unterschrieben. Frau Grün rauschte hinaus.
„Zum Kotzen, dieses Weib! Und keine Spur Pietät. Ihr Mann ist noch keinen Tag tot. Und da unten turtelt sie jetzt wieder mit den Journalisten herum", sagte Mäggi, während sie aus dem Fenster blickte. Dann drehte sie sich zu Fritz herum.
„Und du bist ihr gegenüber gesessen wie ein Häschen vor der Schlange."
Fritz seufzte nur.
„Eigentlich gut, dass das der Chef nicht miterleben musste", fuhr sie fort. „Der Arme! Einen Hörsturz und Schwindelanfälle hat er! Wie lange er wohl in der Klinik bleiben muss? Du musst ihm einen schönen Blumenstrauß bringen, wenn du den nachher den Chef aufsuchst."
Maria hatte Fritz noch vor Bürobeginn angerufen, ihm die Einlieferung in die Klinik mitgeteilt und ihm ausgerichtet, dass er Jule im Fall Grün auf dem Laufenden halten solle. Fritz schaute auf die Unterschrift der Grün auf dem Protokoll und murmelte:
„Männer mögen Schweine sein, aber so eine…eine Mischung von Hyäne und Pfau."
„Das habe ich gehört", sagte Mäggi. „Vermutlich hat so

ein Schwein oder hatten solche Schweine die Grün zu dem gemacht, was sie ist. Versteh' mich recht! Natürlich ist dieses Weib ein Miststück. Aber da gab es vermutlich einen säuischen Vater oder Stiefvater, der die kleine Patrizia missbrauchte, oder eine Bande von Schweinen, die die rothaarige Hexe vergewaltigte, oder Zuhälter, die sie missbrauchten und ausbeuteten..."
„Oder der Teufel persönlich, der sie bestieg", unterbrach sie Fritz. „Mäggi, was du nicht alles weißt! Und selbst wenn etwas davon oder alles zuträfe, wenn sie wirklich Opfer gewesen sein sollte - also auch solche schlimmen Ursachen erklären nicht den tiefen Grund ihres Verhaltens. Sie lassen uns nur den Abgrund vergessen."
„Ah, der Philosoph spricht. Hegel, Husserl oder Heidegger?"
„Wie, du kennst die Namen von Philosophen?"
„Mein Gott, was bist du doof! Es geht um die Grün. Meinst du wirklich, ihre Bösartigkeit fällt vom Himmel oder steigt aus der Hölle herauf?"
„Hör zu, Mäggi! Ursache und Grund sind wirklich verschiedene Dinge. Schau!", sagte Fritz und stieß ein leeres Glas vom Schreibtisch, das auf dem Fußboden zersplitterte.
„Bist du verrückt?"
„Also: Die Ursache für das Herunterfallen des Glases und das folgende Zersplittern war meine Handbewegung. Hätte aber auch ein Windstoß sein können oder ein Erdbeben. Die Ursache ist also etwas Zufälliges, Beliebiges, nicht Notwendiges. Die gleiche Handbewegung", er fegte den Tischkalender vom Schreibtisch, „die gleiche Handbewegung, aber nichts zersplittert. Grund für das Zersplittern ist das poröse Material des Glases, also sozusagen das Wesen des Glases. Beim Kalender ist nur eine Ecke etwas angestoßen."
„Danke für die Philosophiestunde! Wo hast du denn das

gelesen? Was soll das Ganze?"
Da klingelte das Telefon. Fritz nahm ab. Der Gerichtsmediziner hatte die Obduktion vorgenommen. Er komme gleich, meinte Fritz und sagte zu Mäggi, er wolle sich den medizinischen Befund anhören, während sie in die Bank gehen und dort die Ermittlungen aufnehmen solle. Er komme dann nach.
„Jawoll, Herr Obersuperchefkommissar!"

9.

Fritz erschien sozusagen zum Rapport am Klinikbett. Maiert lag angekleidet am Tropf.
„Jule, schau nicht so griesgrämig, drein", sagte gerade Maria, als Fritz ins Zimmer trat. Sie saß auf dem zweiten, unbelegten Bett.
Wie missmutig Maiert bisher auch drein geschaut hatte, beim Eintreten von Fritz hellte sich sein Gesicht auf und ohne Gruß drängte er seinen Mitarbeiter dazu, ihm alles über die bisherigen Ermittlungen zu berichten. Fritz stand da noch in der Tür, begrüßte erst einmal Maria Maiert, dann seinen Chef und überreichte ihm einen Strauß Rosen. Die Kollegin habe darauf bestanden, sagte er fast entschuldigend.
Maiert murmelte einen Dank und reichte die Blumen an Maria weiter.
„Ich verstehe schon", sagte sie. „Ich schau mal nach einer Vase und warte dann im Klinik-Café, bis euer Dienstgespräch zu Ende ist. Fritz, sagen Sie der Kollegin, dass es ein wunderschöner Strauß ist mit diesen pfirsichfarbigen Rosen".

Kaum war sie aus dem Zimmer sagte Maiert:
„Nun schieß schon los!"
Dass der Fall Schlagzeilen machte, hatte er schon aus verschiedenen Zeitungen erfahren, die auf dem Nachttisch lagen. Im Mittelpunkt stand dabei weniger der Tote als dessen Frau:. Neben Fotos von Patrizia Grün gab es Titel wie „Banker springt in den Tod – erbt junge Witwe Millionen?" oder „Hat diese Frau den Banker in den Tod getrieben?".
„Also, Fritz?", fragte er ungeduldig. „Nein, stell dich auf die andere Seite! Links höre ich nach dem Hörsturz nicht so gut."
„Chef, ich war in der Gerichtsmedizin. Grün hatte fortgeschrittenen Prostatakrebs mit ausgeuferten Metastasen. Lange zu leben hätte er nach Ansicht von Schmitt nicht mehr gehabt."
„Seine Frau hatte uns davon nichts gesagt. Wusste sie davon? Wusste er davon?"
„Grüns Hausarzt wusste nichts davon. Aber er hatte ihn auch seit Jahren nicht mehr in seiner Praxis gesehen."
„Und sonst?"
„Schmitt hat, wie er sagt, keinerlei Spuren gefunden, die auf äußere Gewaltanwendung schließen ließen. Außer dem Sturz natürlich. Durch den Fall aus dem achten Stock könnte natürlich auch manches nicht mehr erkennbar sein, meint er."
„In einer Zeitung werden über Beziehungen der Grün zur rechten Szene spekuliert", sagte Maiert. „Der jüdische Ehemann habe sich zu Tode gegrämt und dann Schluss gemacht."
„Also, da haben wir bisher keinerlei Anhaltspunkte. Möglicherweise sind unter den Liebhabern der Grün solche Gestalten. Vielleicht hat ihr das einen besonderen Kick gegeben."

„Lieber Fritz, lass die Spekulationen! Wie steht es mit den Bankgeschäften?"
„Also, Mäggi hat mit den Verantwortlichen gesprochen. Die Privatbank steht offenbar gut da. Auch die Kollegen von der Wirtschaft wussten dazu nichts Anderes."
Fritz stockte. Er hatte den Eindruck, dass Maiert nicht richtig zuhörte.
Irritiert durch die Stille, schaute Maiert auf und entschuldigte sich. Es tue ihm Leid, aber dieses Klingeln im Ohr. Das lenke ihn ab. Die Ärzte meinten, wann es aufhöre oder ob es das überhaupt tue, könne niemand sagen. Er müsse lernen, damit zu leben. Das brauche halt seine Zeit. Die Infusion, die er täglich bekomme, ob die was helfe, das wisse auch niemand.
„In einem Artikel, den mir Maria gebracht hat, steht: Letztlich verabreicht man die Infusionen, damit der Patient den Eindruck hat, dass etwas geschieht. Die Schwindelanfälle haben sich bisher nicht wiederholt. Doch das bedeutet nach Ansicht der Ärzte nichts. Sie könnten jederzeit wieder auftreten – oder eben nicht. Ich will hier so schnell wie möglich wieder raus. Die restlichen Infusionen, zehn sind anscheinend üblich, kann ich auch in der Praxis meines HNO-Arztes bekommen. Das mache ich dann morgens und komme anschließend ins Büro."
Fritz schaute skeptisch drein. Dann sagte er, dass der Staatsanwalt den Fall Grün offenbar schon als Selbstmord abgehakt habe. Das sei es ja wohl auch gewesen. Dass dieses Luder dem Bankier vermutlich das Leben zur Hölle gemacht habe, sei eine andere Frage. Aber daraus könne man ihr wohl keinen Strick drehen.
Maiert schien mit den Gedanken anderswo. Schließlich erkundigte er sich nach dem Besuch der Grün im Polizeipräsidium. Fritz konnte nur erzählen, dass das Protokoll auf-

genommen und unterschrieben worden sei. Etwas Neues sei nicht dazu gekommen. Das vom „kleinen dicken Hauptkommissar" erzählte er nicht. Fritz schien eine gewisse Unentschlossenheit bei seinem Chef zu bemerken. Als wolle er etwas erzählen, was er aber dann doch nicht tat.
„Vielleicht war es ja ganz gut, dass ich nicht dabei war, als das Protokoll aufgenommen wurde", sagte Maiert. „Mir ekelt vor dieser Frau."
Er schwieg, dann meinte er:
„Sag Bierlein, er soll eine Presseerklärung herausgeben mit einer Zusammenfassung des Protokolls! Aber nur das Wichtigste, und mit dem gerichtsmedizinischen Ergebnis! Die Prostata-Erkrankung gibt den Journalisten neues Futter und beendet wohl auch die Sensation. Ein sterbenskranker alter Mann, der sich das Leben nimmt! Wen interessiert das noch besonders?"

10.

Nachdem der Leichnam Grüns von der Gerichtsmedizin freigegeben worden war, wurde er eingeäschert. Orthodoxen Juden ist das ein Gräuel; sie kamen nicht in das Krematorium des Hauptfriedhofs. Eine Einäscherung hatte Grün bereits viele Jahre zuvor festgelegt. Bekannte erinnerten sich daran, dass bei Gesprächen, in denen Gott erwähnt wurde, Grün zu fragen pflegte:
„Gott? Was ist das?"
Auf das gewöhnlich darauf folgende Gestammel habe Grün nur mit einem ironischen Hochziehen der linken Augenbraue reagiert. Ein anderer rief darauf ein weiteres Gespräch mit Grün in Erinnerung. Der Gesprächspartner hatte das

Novalis-Zitat „Wo keine Götter sind, walten Gespenster" zitiert, worauf Grün gesagt habe: „Und was ist wohl schlimmer? Schauen Sie sich die antiken Griechengötter an! Eine Schar sadistische, narzistische und sexbessesene Egoisten, die ihre Launen an hilflosen Menschen auslassen."
Als der andere gestammelt habe: „Aber diese schöne Gestalten...", unterbrach ihn Grün:
„Die gab es auch unter SS-Leuten."
Zu der von Novalis vorgebrachten Alternative habe Grün konstatiert: „Gespenster? Die gibt's nicht. Nur gespenstische Menschen."
Einer seiner wenigen Bankierfreunde mutmaßte zu Grüns Suizid, der Auslöser dafür sei wohl gewesen, dass Frau Grün von Gott zu reden begonnen habe – aus reiner Bosheit. Da wurde er gefragt, wie er dazu komme, Frau Grün so viel Esprit zuzutrauen.

Die beiden Kommisssare waren eher aus Neugier als aus Pflichtgefühl in die Einäscherungshalle gekommen, denn der Fall war praktisch abgeschlossen. Vielleicht war ja auch der Chef an einem Augenzeugenbericht interessiert. Er war noch immer im Krankenhaus. Mäggi stieß Fritz an und flüsterte:
„Da drüben ist ja 'Madame Maigret'."
„Was soll der Unsinn?", nörgelte er und schaute in die Richtung, in die seine Kollegin nickte. Drüben saß tatsächlich Maria Maiert, ganz in Schwarz. Ganz so streng mit der Trauerkleidung hielt es die trauernde Witwe nicht. Zwar hatte sie sich zu einem schwarzen Pelzmantel bequemt, doch blitzte darunter ein grünes Kostüm hervor. Maria Maiert hatte das bemerkt und den Mund verzogen. Sie kannte Patrizia Grün nur aus Presseartikeln, doch fand sie die wenigen bösen Worte bestätigt, die ihr Mann über die

Witwe gefunden hatte.
Die Zeremonie in der Kremationshalle war mehr als schlicht. Kein Rabbiner sprach ein Wort, ein Kaddisch wurde nicht gesprochen. Vielmehr würdigte der Vizedirektor der Grünschen Bank das unersetzliche Wirken des Verstorbenen. Offenbar waren vor allem Bankmitarbeiter gekommen.
Als der Sarg sich nach unten bewegte, hätte Maria Maiert der Witwe gerne einen kleinen Schubs gegeben und sie hinterher geschickt. Erstmals konnte sie den Gedanken der Witwenverbrennung nachvollziehen. Natürlich nur in ausgesuchten Fällen.
Als der Sarg verschwunden war und sich der Fußboden über ihm geschlossen hatte, verabschiedete sich der Vizedirektor einsilbig von der Witwe. Die Trauergemeinde verlief sich schnell. Für einen Sekundenbruchteil hatten sich die Blicke Frau Maierts und Frau Grüns gekreuzt. Die Witwe registrierte blitzschnell, dass die Fremde einen Mantel von der Stange trug. Es kam zu keinem Kontakt. Die beiden Frauen kannten sich ja auch nicht.
Vor dem Krematorium begrüßten die Kommissare Maria Maiert. Diese gab Fritz einen mütterlichen Kuss auf die Wange und reichte seiner Kollegin die Hand. Maria Maiert sagte, sie gehe jetzt in die Universitätsklinik zu ihrem Mann, nahm dann aber das Angebot der Kommissare an, sie vor dem Krankenhaus abzusetzen.

11.

Maiert war auf sein Drängen hin nach einer Woche aus dem Krankenhaus entlassen worden, wo er eigentlich zehn Tage bleiben sollte. Er hatte in der Zwischenzeit keinen neuen

Schwindelanfall erlitten. Hör- und Schwindeltests, Röntgenaufnahmen und eine Kernspintomographie wurden gemacht. Spezielle Befunde gab es nicht. Das Trommelfell wurde ihm durchstochen und das Ohr innen gemessen. Nichts Auffallendes. Diagnose: Verdacht auf Morbus Menière, also die Kombination von Hörsturz, Tinnitus und Drehschwindel.
Bis auf die tägliche Infusion und die medizinischen Untersuchungen führte Maiert ein Urlaubsleben: Er machte Spaziergänge auf dem Klinikgelände, teils mit, teils ohne Maria. Sie surfte viel im Internet und brachte ihn auf ihren jeweils neusten Erkenntnisstand, was Hörsturz, Tinnitus und Morbus Menière betraf. Akupunktur etwa werde gegen Tinnitus empfohlen. Ihr Jule hörte zu, blieb aber der medizinischen Laienbewegung gegenüber skeptisch.
Er blätterte in Magazinen, die ihm seine Frau mitgebracht hatte, sah fern und ging seinen Gedanken nach, die meist um den toten Salomon Grün kreisten. Treu begleitet von dieser Art Klingeln im linken Ohr, das ihn weiter belästigte. Doch versuchte er, das Geräusch mit stoischer Ruhe zu akzeptieren.

Ein Klinikarzt hatten Maiert vor der Entlassung gesagt, dass trotz des Ausbleibens von weiteren Schwindelanfällen der Verdacht auf Morbus Menière weiter bestehe. Es könne jederzeit zu neuen Drehschwindeln kommen. Vielleicht morgen schon oder aber erst in Wochen, Monaten. Oder eben nicht. Man verschrieb ihm ein Medikament, das er beim ersten Anzeichen von Schwindel benutzen sollte und drang darauf, dass er noch fünf Infusionen bei einem Hals-, Nasen-, Ohrenarzt machen ließe.

So lag Maiert am nächsten Morgen gleich nach acht Uhr in

der Praxis seines HNO-Arztes. Anschließend wollte er zum ersten Mal wieder ins Büro. Er hätte sich jederzeit krankschreiben lassen können; Maria hatte ihn bestürmt, auszuspannen, Urlaub zu machen. Auch schlug sie eine vorzeitige Pensionierung vor. Doch wollte er von allemdem nichts wissen, fühlte sich bis auf den Tinnitus und die Hörminderung im linken Ohr wieder hergestellt. Vor allem wollte er auch den Fall Grün abschließen, wobei es da, wie Fritz ihm berichtet hatte, keine neuen Erkenntnisse gab. Die Akte konnte geschlossen werden.

Maiert lag in einer von drei Kabinen und sah dem Tropfen der Lösung zu. Sie sollte das Blut verdünnen und so im Innenohr zur Besserung, gar zur Heilung beitragen. Bisher hatte er keine Änderung seines Zustands wahrgenommen. Er war skeptisch, hatte er doch in der Fachliteratur geblättert und den Eindruck erhalten, dass viele Mediziner bezüglich der Infusionen Zweifel hatten. Offenbar waren die Fachleute ziemlich hilflos. Die Ursache für einen Hörsturz war nicht bekannt. Mutmaßungen gab es genug. Stress als psychosomatische Ursache schien als Erklärungsversuch besonders beliebt. Auch bei Maria.

Während sich die Plastikflasche mit dem Lösungsmittel langsam leerte, hörte er Stimmen in der Nachbarkabine. Er hatte bisher, in Gedanken versunken, nicht darauf geachtet. Zwei offenbar ältere Frauen unterhielten sich dort, eine hing vermutlich am Tropf und die andere leistete ihr während der rund einstündigen Liegezeit Gesellschaft.

„Und dann habe ich vor vier Tagen den Ärmel meines Kleides gewaschen und mein Höschen", sagte die eine.

„Das war dann am Samstag."

„Ja, ja. Am Samstag hab' ich 's gemacht."

„Ja, es ist gut zu machen, was man noch machen kann."

Maier schmunzelte und fühlte sich bestärkt darin, dass er

es abgelehnt hatte, von Maria zur Infusion begleitet zu werden. Als seine Ampulle leer war, kam die Krankenschwester, entfernte die Kanüle aus seinem Arm und klebte ein Pflaster auf die Einstichstelle. Beim Hinausgehen warf er neugierig einen Blick durch einen Spalt des Vorhangs in die Nebenkabine, in der sich zwei alte Ordensschwestern unterhielten. Die eine hing wie vermutet am Tropf.

12.

Er fuhr nach dem Praxisbesuch mit dem Bus zum Polizeipräsidium. Der Arzt hatte ihn davor gewarnt, sich unmittelbar nach der Infusion ans Steuer zu setzten. Seine Reaktionsfähigkeit könnte dadurch beeinflusst werden. Auch sei ja eine neue Schwindelattacke nicht auszuschließen. Wegen des Klingelns im Ohr empfahl ihm auch sein HNO-Arzt, damit leben zu lernen. Viele Menschen kämen so weit, nicht mehr darauf zu achten – und damit auch nicht mehr das Klingelgeräusch zu hören, wenn sie sich mit anderen Dingen beschäftigten als mit ihrem Innenohr.

Im Büro begrüßte ihn Margarete Seiffert wie einen von den Toten Auferstandenen. Sie sah ihn zum ersten Mal seit Maierts Erkrankung und hatte ihm eine Vase mit einem Blumensträußchen auf den Schreibtisch gestellt. Daneben lag der zur Unterschrift bereite Abschlussbericht zum Fall Grün. Maiert nahm es wahr, kümmerte sich aber zunächst nicht darum. Er stopfte seine Pfeife, paffte vor sich hin und schaute auf die Kastanienbäume im Hof hinunter. Die Blätter fielen weiter.

Staatsanwalt Kerner trat herein und sagte, er habe gehört, dass der Hauptkommissar schon wieder im Büro sei.
„Warum sind Sie denn nicht zu Hause geblieben? Lassen Sie sich krank schreiben, in Kur schicken, vielmehr in einen Rehabilitationsaufenthalt! Herr Maiert, nächstes Jahr werden Sie pensioniert. Machen Sie sich nicht vorschnell kaputt. Ihr Job ist stressig." Als Kerner auf dem Schreibtisch die Aktenmappe Grün liegen sah, fügte er hinzu: „Und der Fall Grün ist doch erledigt. Selbstmord eben. Wäre er nicht Millionär gewesen und hätte er nicht dieses Flittchen geheiratet, hätte sich kein Mensch für den Fall interessiert. Sie und ihre Kollegen haben das Nötige getan. Jetzt können Sie den Fall abhaken. Überlegen Sie sich nochmals, ob sie nicht doch eine Kur machen wollen! Zumindest aber Urlaub! Halten Sie die Ohren steif!"
Der Staatsanwalt ging. Maiert hatte sich gezwungen, ihm geduldig zuzuhören. Warum ließ man ihn nicht einfach in Ruhe? Alle wussten anscheinend besser als er selbst, was ihm gut tat.
Da lag die Akte Grün. Er kümmerte sich weiter nicht darum, blätterte wenig konzentriert durch anderes Aktenmaterial, ließ sich von den beiden Kommissaren informieren, dass es seit seiner Einlieferung ins Krankenhaus neben dem Fall Grün nichts Besonderes gegeben habe. Zwei Todesfälle, die sich jedoch als ein Unfall und ein altersbedingtes Hinscheiden erwiesen. Sie hätten alles im Griff, er könne wirklich ausspannen.
„Ihr auch noch! Es reicht, wenn mir meine Frau und der Staatsanwalt damit kommen: Ich solle mich schonen, brauche Ruhe. Mir geht es gut. Na ja, das Geklingel im Ohr ist lästig, aber kein Grund die Waffen zu strecken."
Später forderte er die beiden auf, mit ihm eine Kleinigkeit im „Anker" zu essen.

„Ich lade euch ein!"

Nach dem Mittagessen legte sich Maiert auf die Couch in seinem Bürozimmer. Vor vielen Jahren hatte er einmal auf Drängen Marias mit dieser zusammen einen Yoga-Kurs begonnen. Er fand es langweilig und affig. Sie war beleidigt und machte allein weiter. Dabei hätte er es doch zur Bewältigung des berufsbedingten Stresses so notwendig.
Er fühlte sich damals verpflichtet, es zumindest noch einmal zu versuchen, diesmal mit autogenem Training. Das hatte ein offenbar nicht von Esoterik infizierter Deutscher erfunden. Aber auch das autogene Training machte damals nicht viel Eindruck auf ihn. Doch ein Versuch konnte ja nicht schaden.
Wie war das damals? Mein Arm ist zunehmend schwer, meine Arme und Beine sind zunehmend schwer. Ob das der Glocke in seinem Ohr Eindruck machen würde? Maiert hatte seine Zweifel. Allerdings hatte der Versuch den Effekt, dass er einschlief.

Nach der ausgiebigen Mittagspause trank er eine Tasse Kaffee und nahm sich dann endlich die Akte Grün vor. Das meiste hatte ihm Fritz bei seinen täglichen Besuchen in der Klinik mitgeteilt. Von den Bewohnern des Gebäudes Heinestraße 9 gab es keine sachdienlichen Hinweise zu der Tat. Der Vizedirektor des Bankhauses Grün sagte, das Unternehmen sei gesund, der Tod Grüns natürlich ein furchtbarer Verlust für die Bank. Die angeblichen Kontakte Frau Grüns zu „rechten Kreisen" entpuppten sich als Beziehungen, wohl Liebesverhältnisse zu Jungpolitikern, Rechtskonservativen, was immer das heißen mochte. Die Gerichtsmedizin bestätigte, dass der Sturz aus dem achten Stock zum sofortigen Tod Grüns geführt hatte. Die einzige Überra-

schung war der Befund „fortgeschrittener Prostatakrebs".
Maiert seufzte und sog an seiner kalten Pfeife. Schließlich stand er auf und ging zu seinen beiden Mitarbeitern ins Nachbarzimmer.
„Danke für den Bericht. Ich denke, wir können den Fall als abgeschlossen betrachten. Ich will die Grün aber doch noch einmal sehen. Will hören, was sie zum Prostatakrebs ihres Mannes sagt."
Die beiden sahen Maiert überrascht an.
„Fritz, ruf bitte bei der Grün an! Wenn sie da ist, sag ihr, ich wolle sie nochmals kurz sprechen, bevor die Akte offiziell geschlossen wird. Du kannst mich in die Heinestraße bringen. Ich gehe von dort anschließend zu Fuß nach Hause. Ein längerer Spaziergang kann mir nicht schaden. Vielleicht fahr ich noch eine Runde Karussell im Park. So ein kleines Anti-Schwindel-Training."

13.

Die Witwe öffnete selbst. Es war Mittwochnachmittag. Die italienische Haushälterin hatte da frei, wie sich Maiert erinnerte. Oder hatte sie schon gekündigt? Frau Grün schaute auf ihn herunter.
„Kommen Sie doch herein, Herr Kommissar, eh, Herr Hauptkommissar. Wollen Sie mich festnehmen?"
„Leider nicht. Der Abschlussbericht zum Todesfall Ihres Mannes liegt auf meinem Schreibtisch. Bevor ich ihn unterschreibe, wollte ich noch einmal mit Ihnen reden, nachdem ich aus Gesundheitsgründen die Untersuchung nicht persönlich weiterführen konnte."
„Ja, Sie ließen mich einfach im Stich. Dabei war ich extra

für Sie so früh aufgestanden. Darauf können Sie sich etwas einbilden. So früh bin ich noch nie für einen Mann aufgestanden", sagte sie, wobei sie kichernd das Wort „aufgestanden" besonders betonte.
Im Wohnzimmer setzte sie sich auf die Couch, lud Maiert zum Sitzen neben sich, dann ihr gegenüber in den Sessel ein und steckte sich eine Zigarette an. „Nehmen Sie Platz! Eine Zigarette? Ach, nein, ich erinnere mich an ein Zeitungsfoto von Ihnen. Da haben Sie eine Pfeife im Mund. Genieren Sie sich nicht, rauchen Sie ruhig Ihre Pfeife!"
Aber er verzichtete darauf.
„Also Herr Kommissar, eh, Herr Hauptkommissar, was gibt's? Hat mich mein Mann enterbt, bevor er sich umbrachte? Das wäre eine unangenehme Überraschung. Die Testamentseröffnung steht nämlich noch bevor."
„Von einer Enterbung hat uns der Notar nichts erzählt. Aber lassen Sie sich überraschen! Nein, es geht um den Gesundheitszustand von Herrn Grün. Die gerichtsmedizinische Untersuchung ergab, dass er einen fortgeschrittenen Prostatakrebs hatte. Wussten Sie davon?"
„Nein, davon habe ich erst aus der Zeitung erfahren."
„Er hat nie davon gesprochen?"
„Nein. Keine Ahnung, ob er je bei einem Urologen gewesen ist. Er ist praktisch nie bei einem Arzt gewesen. Salo, - was schauen Sie so? So habe ich ihn gerufen. Salo hat stets gesagt, dass es in seinem Alter keinen Sinn mehr macht, zum Arzt zu gehen. Die finden eh immer etwas, ob man sich nun krank oder gesund fühlt. Aber vielleicht wusste Salo es ja. Trau einer einem alten Juden..."
Maiert zuckte zusammen.
„Du lieber Gott, tun Sie nicht so schockiert, Herr Kommissar, eh, Herr Hauptkommissar! Die kleinste Kritik an einem Juden, und sofort ist man Antisemit. Da lobe ich mir die

Homosexuellen. Kritisiert man die, kommt man höchstens in den Verdacht, heterosexuell zu sein."
Frau Grün lachte laut. Maiert riss sich zusammen.
„Na, kommen Sie! Wenn ich Antisemitin wäre, hätte ich Grün nicht geheiratet. Er war ein Jude, obwohl er nie in die Synagoge ging. Oder vielleicht doch? Vielleicht hatte er ja doch Geheimnisse vor mir. Siehe Prostata! Ich hatte keine Geheimnisse vor ihm, Hand aufs Herz. Bei mir hatte er von Anfang an gewusst, mit wem er es zu tun hatte. Jetzt fragen Sie mich nur nicht, warum der die böse Patrizia geheiratet hat und so an ihr glitten hat. Wer weiß, vielleicht erinnerte ich ihn an seine Mutter. Die hatte, wie er einmal erzählte, auch rote Haare. Dabei sind meine nur gefärbt! Oder er war einfach geil. Ich meine in Gedanken, nur in Gedanken. Soll es ja geben. Aber Salo war ein gewiefter Geschäftsmann, er hatte einen Riecher dafür. Gucken Sie sein Bild an!"
Sie deutete auf das großes Ölbild mit dem Porträt ihres Mannes an der Wand.
Maiert drehte sich nicht um. Er rang nach Worten.
„Also, Sie wussten nichts von der Prostataerkrankung?"
„Nein, ich habe es doch schon gesagt. Glauben Sie etwa, er ist deshalb auf die Straße gehopst? Kann ich mir nicht vorstellen. Aber versteh einer einen alten jüdischen Mann. Nein, nein! Er sprang wegen mir. Er hielt es offenbar nicht mehr aus mit mir. Dabei ließ ich ihn doch leben, wie er wollte. Na ja, er litt wohl darunter, dass ich ihm Hörner aufsetzte. Du lieber Gott, hatte er etwa etwas Anderes von mir erwartet? Er kauft sich eine junge schöne Frau mit seinen Millionen. Wer wird denn da Treue erwarten! Vielleicht war er doch ein heimlicher Romantiker. Der Arme!"
Die Hände Maierts waren in einander verkrampft.
„Nun, dann ist der Fall wohl abgeschlossen", murmelte er schließlich. „Auch der Staatsanwalt hält Herrn Grüns Tod

für einen eindeutigen Selbstmord.
„Na klar. Oder glauben Sie denn etwa, ich hätte meinen Mann eigenhändig über die Brüstung geschubst? Wie? Sie wollen schon gehen?"
Maiert wankte grußlos Richtung Tür. Ihm war übel geworden.
Frau Grün zündete sich eine neue Zigarette an.
„Muss ich Sie hinaus begleiten, oder finden Sie den Weg allein? Tschüss, Herr Kommissar, eh, Herr Hauptkommissar."

Zweiter Teil

1.

„Seit der Grün-Sache ist der Chef irgendwie anders", sagte Mäggi zu Fritz, als der ins Büro trat, nachdem er Maiert in die Heinestraße gefahren hatte. Fritz stimmte ihr zu. Beide rätselten darüber, warum der Chef nochmal die Grün sehen wollte, obwohl der Fall doch abgeschlossen war. Seine Erklärung hatte die Kommissare nicht überzeugt.
„Das hat geradezu etwas Masochistisches, dieser Besuch", meinte Mäggi. „Der Chef kann dieses Weib doch genau so wenig ausstehen wie wir. Was meinst du, Fritz?"
„Ja, irgendwas hat ihn da getroffen. So habe ich ihn noch nie erlebt. Vielleicht rückt er ja mal mit der Sprache raus, wenn sich alles gesetzt hat. Sonst ist er mir gegenüber eigentlich sehr offen."
„Wie man so zu einem Adoptivsohn ist."
Fritz verzog nur den Mund und schlug einen Aktenordner auf. Am frühen Abend machten die zwei Büroschluss. Mäggi hatte Fritz erzählt, dass da ein toller Film laufe. Sie lade ihn dazu ein, wenn er dann eine Pizza spendiere. Doch Fritz wehrte ab.
„Du weißt doch, dass ich nicht auf Hollywood-Filme stehe, mit oder ohne Oscar. Nach diesen Filmen bleibt nichts zurück außer Toten oder Liebesschmalz."
„Was für ein europäischer Dünkel! Was bleibt denn nach deinen italienischen Filmen? Mafia-Morde und Amore! Und natürlich Pizza und Spaghetti. Aber das ist alles nur ein Vorwand. In Wirklichkeit willst du nicht mit mir ausgehen. Bist du etwa schwul?"
„Wer weiß, wer weiß. Vielleicht bist du ja einfach nicht mein Typ."

„Und wer ist dein Typ?"
„Du bist doch Kommissarin. Krieg' es raus!"
Sie brachen auf, als das Telefon klingelte.
„Nein, nein!", sagte Mäggi, „nicht heute, wo ich mit dir ins Kino gehen will."
„Ich opfere mich. Du gehst ins Kino, ich ans Telefon."
Fritz ging zum Schreibtisch zurück und nahm den Hörer ab.
„Mordkommission, Breuern. Hallo? Chef?"
Die Kommissarin drehte sich um und sah fragend Fritz an. Der hatte die Luft angehalten und starrte entgeistert drein.
„Ja, Chef, ich hab' verstanden. Wir kommen sofort. Wie? Was? Chef! Hallo? Chef? Sind Sie noch dran? Ich versteh gar nichts mehr."
„Fritz, was ist? Nun sag schon!"
„Es war der Chef. Er sagte, wir sollten sofort in die Heinestraße 9 kommen. Da gebe es im achten Stock zwei Leichen."
„Was? Wie bitte? Zwei Leichen? Heinestraße 9, achter Stock? Das ist doch die Wohnung Grüns. Was soll das denn sein?"
„Keine Ahnung. Das hat der Chef nicht gesagt. Frag' mich nicht! Komm!"
Im Aufzug sagte Mäggi:
„Erzähl mir's nochmal, Wort für Wort!"
„Also, er sagte: Hallo, Fritz! Kommt gleich in die Heinestraße 9, achter Stock! Da gibt es zwei Leichen."
„Und sonst gar nichts?"
„Du hast doch gehört, dass ich nachgefragt habe. Aber er hat nichts weiter gesagt. Ich hab ihn tief ein- und ausatmen gehört, und dann hat er aufgelegt. Nein, doch, er hat da vor dem Auflegen noch etwas Seltsames gemurmelt."
„Zum Teufel, Fritz, spann mich nicht unnötig auf die Folter! Was hat er denn noch gesagt?"

„Die Scham, die Scham!"
Mäggi schaute Fritz fassungslos an.

2.

Der Aufzug in der Heinestraße 9 schien im Schneckentempo ins achte Stockwerk hochzufahren. Am Eingang hatte der Portier den beiden gesagt, dass Hauptkommissar Maiert vor einer halben Stunde oder so wieder hereingekommen sei. Eigentlich müsse er noch oben sein, allerdings sei er, der Portier, in der Zwischenzeit auch mal ausgetreten.
Im Aufzug blickten sich die beiden wortlos fragend an. Oben angekommen klingelte Fritz ein, zwei, drei Mal. Aber nichts rührte sich. Ungeduldig klopfte er an die Wohnungstür – und die öffnete sich. Sie war nur angelehnt. Im Flur brannte Licht. Nichts regte sich, nichts war zu hören.
„Chef, wir sind es!", rief Mäggi. Niemand antwortete.
Die beiden zogen ihre Pistolen und gingen langsam den Flur entlang, wo eine Tür offen stand. Fritz schaute vorsichtig hinein. Es war dunkel. Er tastete nach dem Lichtschalter und drückte darauf.
Er stand im Bad, und vor ihm in der Badewanne war Patrizia Grün. Ihre Beine hingen über den Rand der Badewanne. Der Rest des Körpers lag halb sitzend in der Wanne. Ihr Kleid war zurückgerutscht und gab ihren nackten Unterleib frei. In der Herzgegend war das Kleid blutig rot. Patrizia Grün war tot. Da gab es keinen Zweifel. Ihr Körper war kalt, wie Fritz feststellte.
„Du lieber Gott! Was ist da passiert?", stotterte Mäggi, als sie ihm über die Schulter schaute.
„Der Chef sprach von zwei Leichen. Komm! Hier können

wir im Augenblick gar nichts machen. Übernimm du diese Seite, ich die andere."
Fritz öffnete die Tür zur Küche und knipste das Licht an. Aber hier war niemand. Er warf einen Blick durch das Küchenfenster auf die Terrasse, konnte in der Dunkelheit aber nichts erkennen. Vorsichtig ging er weiter zum Wohnzimmer. Auch dort regte sich nichts. Als er die Deckenlampe anschaltete, fiel ihm zunächst nichts auf. Doch dann sah er neben dem Sessel, auf dem vor zwei Wochen Frau Grün gesessen hatte, eine Pistole liegen. Fritz holte tief Luft und näherte sich, seine Dienstwaffe im Anschlag, in einem Halbkreis dem Sessel. Da saß jemand. Und dieser jemand war der Chef. In sich zusammengesunken schien er zu schlafen. Doch als Fritz vor ihm stand, sah er eine hässliche Einschusswunde an der rechten Schläfe. Hauptkommissar Julius Maiert war tot. Die Pistole am Boden war eine Dienstwaffe.
Fritz setzte sich mit zitternden Knien auf die Couch gegenüber. Tränen traten ihm in die Augen. Er blickte auf den leblosen Körper. Hinter diesem hing an der Wand das Bild Salomon Grüns.

„In den anderen Zimmern ist niemand", sagte Mäggi beim Eintreten ins Wohnzimmer. „Hast du was entdeckt? Himmel, du bist ja bleich wie der Tod!"
Sie trat zu Fritz, folgte seinem Blick und stand starr und sprachlos da. Dann sank sie neben ihm auf das Sofa und stammelte schließlich:
„Fritz, sag' mir, dass das alles nicht wahr ist! Fritz, sag was! Ich werd' sonst verrückt."
„Ich bin schon verrückt, Mäggi", schluchzte er, „ich bin schon verrückt."
Als er sich etwas gefasst hatte, zog er sein Handy aus der

Manteltasche.
„Hier ist Kommissar Breuern von der Mordkommission. Verbinden Sie mich bitte mit dem Polizeipräsidenten. Nein, es ist sehr dringend. Verbinden Sie mich sofort! Sofort!"

3.

Der Gerichtsmediziner war da, die Leute von der Spurensicherung gingen ihrer Arbeit nach und Staatsanwalt Kerner stand mit finsterem Gesicht neben Breuern. Polizeipräsident Huber traf ein, grüßte die beiden und fragte den Kommissar, was hier vorgefallen sei.
„Wenn wir das wüssten. Auf den ersten Blick sieht es so aus: Der Chef hat sich erschossen. Vermutlich mit seiner Dienstwaffe. Mit ihr wurde möglicherweise auch Patrizia Grün getötet. Jedenfalls stecken zwei leere Patronenhülsen in der Pistole. Dr. Schmidt meinte nach der ersten Untersuchung, dass die Frau zwei bis drei Stunden vor dem Chef gestorben sein könnte. Ob die beiden Kugeln aus der Dienstwaffe stammen, müssen natürlich erst die Obduktion und die Ergebnisse der Ballistik erweisen."
„Was soll das heißen, Breuern? Dass Maiert herkommt, die Frau erschießt und dann sich selbst?"
„Das ist noch nicht gesagt. Wir wissen einfach noch nicht, ob die Schüsse aus der Dienstwaffe stammen und wer wen erschossen hat. Es sieht zwar alles nach einem Selbstmord des Chefs aus, aber vielleicht war es ja auch anders", sagte Breuern betreten und schilderte kurz, wie er den Chef am Nachmittag in der Heinestraße abgesetzt und dann etwa dreieinhalb Stunden später seinen rätselhaften Anruf erhalten habe.

„Die Scham, die Scham? Was soll das denn heißen?", fragte Huber, „Und was hatte Maiert überhaupt hier zu suchen. Die Ermittlungen zum Fall Grün waren doch abgeschlossen."
Der Staatsanwalt nickte und meinte:
„Wir stehen im Augenblick vor einem Rätsel."
„Auf das sich die Medien stürzen werden", stöhnte der Polizeipräsident. An Breuern gewendet fuhr er fort:
„Weiß Frau Maiert schon vom Tod ihres Mannes?"
„Weiß ich nicht?"
„Was soll denn das heißen, Breuern?"
„Von uns hat noch keiner mit ihr gesprochen. Aber der Chef ...vielleicht hat er am Abend noch Kontakt mit ihr gehabt, mit ihr telefoniert. Ich meine..."
„Sie meinen, er hat mit ihr vor der Tat, vor dieser Katastrophe gesprochen?"
„Ich meine gar nichts, Herr Huber. Ich weiß genau so viel, vielmehr genau so wenig wie Sie."
„Zum Teufel, Breuern, dann fahren Sie gleich zu ihr und klären das. Und bringen Sie ihr den Tod ihres Mannes schonend bei. Sie soll es nicht aus Radio oder Fernsehen erfahren."
Der Staatsanwalt räusperte sich.
„Muss Maierts Wohnung nicht durchsucht werden? Ich meine, wenn er die Frau, eh, ich meine, also wenn er sie erschossen haben sollte, vielleicht, ich meine, auch wenn es sich um den Hauptkommissar handelt, müssen doch eventuelle Beweisstücke sichergestellt werden. Ich meine, wir wissen im Augenblick nichts Sicheres, aber wie Sie schon andeuteten", er wandte sich an den Polizeipräsident, „dürfen wir uns mit Blick auf die Medien keinerlei Blöße geben."
Huber und Breuern sahen den Staatsanwalt an und sagten nichts. Es gab nichts zu sagen; Kerner hatte recht.

„Können wir nicht warten, bis sich die Möglichkeit, dass der Chef die Frau erschossen hat, erhärtet hat?", wandte Breuern dann doch ein. „Ich kann doch nicht hingehen und Frau Maiert sagen: Ihr Mann ist tot, und wir müssen Ihre Wohnung durchsuchen."
„Hören Sie, Breuern, ich kann auch jemanden anderes schicken", sagte Huber.
„Nein, nein! Ich meinte nur. Ich mache das. Ich werde mit ihr sprechen; dann sollen die Kollegen von der Spurensicherung Beweismaterial sicherstellen. Was immer das auch sein könnte. Die Frage ist, wonach eigentlich gesucht werden soll."
„Nehmen Sie zwei Beamte von der Spurensicherung mit", sagte der Polizeipräsident. „Wichtig ist zunächst nur, dass durchsucht wird. Und es ist besser, dass es schnell passiert. Gehen Sie, bevor Journalisten bei Frau Maiert auftauchen!"
Als Breuern weg war, sahen sich der Polizeipräsident und der Staatsanwalt an. „Breuern ist sicher ein guter Mann", sagte Kerner," aber es darf erst gar nicht der Verdacht aufkommen, dass hier innerbetriebliche oder sonstige Rücksichten…."
„Natürlich, natürlich, Herr Kerner. Ich werde einen Hauptkommissar von der Landespolizeidirektion anfordern. Er soll offiziell die Ermittlungen leiten. Breuern, die Seiffert und so viele Beamte wie nötig sollen ihm zuarbeiten. Wir müssen den Fall so schnell wie möglich lösen. Ich fasse es noch immer nicht."
„Nun, haben Sie die Tote schon gesehen?"
„Auf was wollen Sie hinaus?"
„Sie ist halb nackt."
„Wie? Nein. Sie wollen doch nicht etwa andeuten.. nein, und wenn sie völlig nackt wäre. Der alte Maiert und…" Der Polizeipräsident hörte abrupt auf und flüsterte:

„Das ist unvorstellbar."
„Unvorstellbar schon, lieber Herr Huber, unvorstellbar schon, aber....Gehen Sie ins Bad und werfen Sie einen Blick auf die Tote!"

4.

„Ihr wartet hier unten!", sagte Fritz zu den zwei Kollegen von der Spurensicherung, als sie vor dem Haus ankamen, in dem Maiert wohnte. Gewohnt hatte.
„Ich muss das alles erstmal Frau Maiert schonend beibringen. Ich rufe euch dann hoch."
Er atmete tief durch, zögerte, klingelte dann an der Haustür und meldete sich durch die Sprechanlage.
„Du, Fritz? Ist etwas..." Maria Maiert beendete den Satz nicht und drückte auf den Türöffner.
Als er in den zweiten Stock hochgestiegen kam, stand sie in der offenen Tür und sah ihn bleich an. Sie war schon den ganzen Abend besorgt gewesen, denn Jule hatte sich nicht telefonisch gemeldet. Er hatte gewöhnlich angerufen, wenn beruflich etwas dazwischen gekommen war. Wie oft war das geschehen. Das letzte Mal, als sich Grün in den Tod gestürzt hatte. Sie wusste damals, dass es spät werden würde. An diesem Abend aber kam kein Anruf, und das Sauerkraut brannte leicht an. Das war das erste, was Fritz roch. Sicherlich hätte es an diesem Abend eine Schlachtplatte gegeben. Und dann war ihm, als rieche er Marias Angst.
„Fritz, was ist passiert? Ist Jule was passiert?"
Sie schloss die Tür hinter ihm und setzte sich auf einen Stuhl im Flur, als fehlte ihr die Kraft weiterzugehen. Sie ahnte Schreckliches.

„Himmel, Fritz, sprich! Lass mich nicht im Ungewissen! Du machst es nur noch schlimmer, wenn du nicht redest."
„Ja.... ja, dein, Ihr Mann ist..."
„Er ist tot."
Das war keine Frage. Sie kannte Fritz seit vielen Jahren. Er wäre herausgesprudelt mit den Worten, wenn es sich um eine wenig schlimmere Sache gehandelt hätte.
„Ja, er ist tot."
Gelähmt schwieg sie, dann fragte sie mit zitternder Stimme: „Fritz, lass Dir nicht jedes Wort einzeln abringen! Was ist passiert?"
„Wenn wir das nur wüssten. Die Umstände sind noch unklar, ja, unklar. Die Ermittlungen haben ja gerade erst begonnen..."
„Verdammt, Fritz, erzähl' alles! Ich habe ein Recht darauf, alles zu erfahren." Sie war aufgesprungen und schüttelte den vor ihr stehenden Fritz an den Schultern. „Sprich doch, sprich doch!"
Er berichtete stockend, stotternd, was er und Mäggi in der Wohnung vorgefunden hatten. Maria hörte ihm mit aufgerissenen Augen zu und starrte ihn sprachlos an. Dann brach es aus ihr heraus:
„Du lügst! Das ist nicht wahr! Das kann nicht wahr sein! Das ist nicht Jule! Nein, nein, nein, Fritz!"
Sie schlug mit den Fäusten auf seine Brust und brach in Tränen aus.
Er wehrte sich nicht. Dann nahm er sie in die Arme und drückte sie an sich, so dass sie nicht mehr weiter schlagen konnte. Auch ihm standen Tränen in den Augen.
„Fritz, sag mir, dass es nicht wahr ist! Bitte!"
„Es ist so, wie ich es gesagt habe. Ich verstehe es auch nicht. Ich kann's auch nicht glauben. Aber alles deutet auf einen Selbstmord hin. Doch Gewissheit darüber werden

wir erst in den nächsten Tagen haben. Auch darüber, was genau mit der Grün geschehen ist. Und wie das alles vor sich gegangen ist. Ich habe keine Ahnung, was das alles bedeuten soll. Wenn ich es nicht mit eigenen Augen gesehen hätte - ich würde es auch nicht glauben."

„Aber warum? Warum? Das ist nicht die Geschichte Jules, das ist nicht sein Charakter, das kann nicht sein Ende sein. Fritz, du weißt das genauso wie ich! Du kennst ihn seit zehn Jahren."

Ja, da hatte sie Recht. Das passte alles nicht zusammen. Das war nicht der Hauptkommissar Julius Maiert. Eigentlich. Denn das hatte Fritz in seinem Beruf gelernt, dass man vor bösen Überraschungen nie sicher sein konnte.

„Warum ging er zu der Grün? Der Fall war doch eigentlich abgeschlossen. Oder nicht, Fritz?"

„Ja, natürlich. Ich habe mich auch gewundert, dass er sich von mir hatte hinfahren lassen. Der Abschlussbericht lag zur Unterschrift bereit auf seinem Schreibtisch. Mäggi und ich hatten von Anfang an den Eindruck, dass ihn der Fall besonders berührte. Aber er sprach nicht darüber. Dass er vor der Unterschrift unter den Bericht nochmals mit der Grün sprechen wollte, fanden wir schon befremdlich. Der Chef hat ihr Verhalten ja wie Mäggi und ich abstoßend und abscheulich gefunden."

„Aber Jule ist nicht der Typ, der hingeht, um die Frau zu erschießen."

„Nein, das ist Ihr...das war er nicht. Wir wissen ja auch noch nicht, ob er sie erschossen hat. Wir wissen ja noch nicht mal, ob er sich selbst erschossen hat, auch wenn es den Anschein hat. Aber eins ist sicher: Er hat sich von mir hinfahren lassen, und er hat mich angerufen und von zwei Toten in der Wohnung gesprochen. Was vorher geschah, was dann geschah, beides wissen wir nicht, wissen wir noch nicht."

„Aber diese Worte 'Die Scham, die Scham' - was bedeuten denn die um Himmels Willen?"

„Tja, wenn wir das wüssten, wären wir vermutlich schon ein ganzes Stück weiter."

Dann stotterte Fritz, dass der Polizeipräsident und der Staatsanwalt darauf bestanden hätten, dass die Wohnung nach eventuellem Beweismaterial durchsucht werden müsse. Der Ordnung halber. Die zwei Kollegen von der Spurensicherung warteten schon unten. Maria nahm das zur Erleichterung von Fritz kommentarlos zur Kenntnis. Dafür war sie nun lange genug die Frau eines Kriminalbeamten gewesen.

Während Fritz die Kollegen nach oben rief, hatte Maria sich in die Küche gesetzt und nahm nicht an dem teil, was um sie herum vor sich ging. Sie hatte Fritz zuvor noch den Schreibtisch ihres Mannes geöffnet und einen Schrank, in dem er Briefe und Postkarten aufbewahrte. Viel war da nicht zusammengekommen. Aber sein Chef war, wie Fritz in den vergangenen Jahren mitbekommen hatte, auch kein großer Briefschreiber gewesen.

Die Kollegen taten ihre Pflicht, durchsuchten die Wohnung, packten die Postunterlagen und andere Dokumente ein. Sie teilten Fritz dann an der Wohnungstür flüsternd mit, dass ihnen auf den ersten Blick nichts Aufregendes unter die Hände gekommen sei. Allerdings habe es einige Zeitungs- und Illustriertenausschnitte gegeben, in denen es um den Bankier Grün gehe. Älteren Datums alle, manche Jahrzehnte alt.

5.

Maria und Fritz saßen in der Küche. Der Kaffee in ihren Tassen war kalt geworden.
„Die Scham, die Scham! Was soll das heißen?", fragte sie zum wiederholten Mal. „Fritz, warum sollte sich Jule schämen? Weil er angeblich diese Frau erschossen hat?"
Er zuckte wie zuvor wieder mit den Schultern.
„Wir müssen die Ergebnisse der Spurensuche und der Obduktion und den Ballistikbefund abwarten. Vorher können wir nur wild spekulieren. Auf den ersten Blick, wie ich schon sagte, deutet zwar nichts auf die Beteiligung Dritter hin. Aber da kann es ja noch neue Erkenntnisse geben. Falls ein Dritter die Grün erschossen haben sollte, ergibt aber der Rest keinen Sinn."
„Ah, und wenn Jule sie erschossen hat, ergibt es Sinn?", rief Maria. „Nein, es passt nicht zu Jule. Nein, es passt nicht! Auch wenn ihm der Fall Grün besonders zugesetzt hat. Das ist wahr. Vielleicht war das ja auch die Ursache für seinen Hörsturz, seinen Schwindelanfall. Dabei ist die Geschichte von Salomon Grün gar nicht seine Geschichte, sondern die seines Vaters."
Fritz reagierte auf diese Worte wie elektrisiert, sprang halb auf und rief:
„Wie? Was hat sein Vater damit zu tun? Erzählen Sie, Maria!"
Sie sah ihn überrascht an. „Was? Er hat dir nie davon erzählt, Fritz? Seltsam. Andererseits: Über Persönliches sprach er mit anderen ja selten. Selbst mir gegenüber schien er da oft gehemmt."
Fritz atmete tief durch.
„Liebe Frau Maiert, erzählen Sie mir alles, was Sie wissen, wenn es zur Aufklärung dieser vertrackten tragischen Sa-

che beitragen kann! Für mich ist mit dem Tod des Chefs und den verrückten Umständen auch eine Welt zusammengebrochen. Er war mir ja..."

„Fritz, das Ganze ist eine alte Geschichte, wie ich schon sagte. Ob man da überhaupt von einer Beziehung, einer ideellen Beziehung zwischen Jule und Salomon Grün sprechen kann? Sie hatten sich ja nie persönlich kennen gelernt. Da bin ich mir sicher, war mir zumindest sicher, dass sie sich nicht persönlich kannten. Aber was ist denn noch sicher, nach dem, was in der Wohnung Grüns geschehen ist, geschehen sein soll."

„Spannen Sie mich nicht weiter so auf die Folter! Erzählen Sie, erzählen Sie!"

„Nun, Jules Vater hat Salomon Grün persönlich gekannt. Er, der Vater, war, wie Du weißt, auch Kriminalbeamter gewesen. Du hast ihn aber nicht mehr kennen gelernt. Der Beruf hat sich sozusagen vererbt. Jules Vater war im Dritten Reich schon bei der Kripo – und Parteimitglied. Offenbar kein strammer Nazi, sondern wie viele eben ein Mitläufer, der sich nicht die Karriere verbauen wollte. Wie gesagt, das alles weiß ich von Jule, ohne dass er jetzt groß Einzelheiten erzählt hätte. Vielleicht wusste er auch nicht mehr."

„Und was hat das alles mit Salomon Grün zu tun?"

„Ja, also: Jules Vater ist irgendwie in den Kriegsjahren mit Salomon Grün und dessen Mutter zusammengetroffen. Einzelheiten konnte oder wollte mir Jule nicht erzählen. Auf jeden Fall ist Grün damals noch ein Kind gewesen, ein Junge. Er und seine Mutter haben zu den Juden gehört, die in den Osten abtransportiert werden sollten. Jules Vater hat als Kripomann gewusst, was das bedeutet hat. Und da hat er die beiden in dem Häuschen im Schrebergarten versteckt. So habe ich das zumindest verstanden. Eine sentimentale Herzensregung? Mitleid? Eine Gewissensfrage? Ich weiß

es nicht. Ein Nazigegner ist er ja offenbar nicht gewesen. Aber erklär' mir den Menschen! Er hat damit ja seine eigene Familie und seine Karriere riskiert. Bis zum Kriegsende hat er den Grüns geholfen, hat sie gewarnt, neue Verstecke gefunden. Und sie hatten Glück im Unglück, die Grüns. Sie überlebten, wenn die Mutter Grün dann auch kurz nach Kriegsende an einer Krankheit starb. Glück hatte auch Jules Vater und seine Familie, denn wenn das aufgeflogen wäre damals..."
Maria schwieg.
„Und wie ging es weiter?"
„Nun, Salomon Grün lebte, war dann wohl zeitweise im Ausland und kehrte nach Deutschland zurück. Vor dem Auslandsaufenthalt half er noch Jules Vater. Der war durch seine Parteizugehörigkeit belastet, doch Salomon Grün sagte bei der Entnazifizierung für ihn aus. Vater Maiert konnte ohne große Unterbrechung weiter als Kriminalbeamter arbeiten und wurde ja dann auch Hauptkommissar. Soweit ich weiß, aber ich weiß ja so wenig, hat es später keinen direkten Kontakt mehr zwischen Grün und meinem Schwiegervater gegeben. Als Jules Vater gestorben ist, traf ein Beileidsschreiben Grüns ein. Dass ist damals der Anlass gewesen, dass mir Jule erzählt hat, was ich dir jetzt erzählt habe."
„Und er hatte wirklich keinen Kontakt zu Salomon Grün in all diesen Jahren?"
„Fritz, ich habe es dir doch gesagt. Mir ist davon nichts bekannt. Salomon Grün ist für Jule so etwas wie eine Legende gewesen, ein Märchen. Ich weiß nicht, wie ich es sagen soll. Die Entnazifizierungsurkunde hat es gegeben. Ich habe sie noch gesehen. Doch nach dem Tod meines Schwiegervaters hat sie Jule dann wohl irgendwann vernichtet. Wenn wir Kinder gehabt hätten, hätte er sie vielleicht für die aufge-

hoben. Aber so. Für wen?"
Sie schwieg, Fritz dachte nach. Zwar wusste er jetzt etwas darüber, warum für seinen Chef der Tod Grüns ein besonderer Fall gewesen war. Aber das alles schien ihm kein ausreichendes Motiv dafür, dass er die Witwe erschießen sollte. Wenn er es denn getan hatte.
„Hat der Chef in der Zeit nach dem Selbstmord Grüns je über dessen Frau gesprochen?"
„Nicht wirklich, Fritz. Du weißt doch, dass er privat nie über seine Fälle gesprochen hat. Auch dieses Mal nicht. Er ließ nur seine Abneigung gegen sie durchblicken. Ich habe gehofft, dass er es in diesem Fall mit mir sprechen würde. Aber was hatte er bei dieser Frau Grün zu suchen?"
Maria legte ihr Gesicht in die Hände und weinte.

6.

Hauptkommissar Peter Sauer hatte hinter Maierts Büroschreibtisch Platz genommen. Fritz und Mäggi saßen ihm gegenüber und blickten betreten drein. Es war ein ungewohnter Anblick für die beiden. Vor allem Fritz litt, war blass und wirkte unausgeschlafen.
„Für mich ist die Sache genauso unangenehm wie für Sie beide", sagte Sauer. „Aber wir müssen da durch. Und möglichst schnell, sonst gibt es in den Medien noch wilde Spekulationen über Maiert, Sex und Crime. Verschont werden wir davon vermutlich ohnehin nicht. Fassen wir die Sachlage zusammen: Nach der ballistischen Untersuchung stammen die zwei Kugeln aus der Dienstwaffe Maierts, die neben ihm lag. Auf der Waffe fanden sich nur seine Fingerabdrücke, an seiner rechten Hand Schmauchspuren. Die Obduktion

ergab nichts, was dagegen spräche, dass sich Maiert selbst getötet hat. Er betrat gegen 15 Uhr das Gebäude, wie der Pförtner aussagte. Sie, Kollege Breuern, hatten ihn dort abgesetzt. Etwa eine halbe Stunde später, vielleicht mehr, vielleicht weniger, wurde Frau Grün erschossen."
„Aber von wem?", unterbrach Fritz.
„Im Augenblick müssen wir davon ausgehen, dass Maiert geschossen hat. Sie wissen selbst, dass es bisher keinerlei Hinweise auf eine dritte Person gibt."
„Aber warum sollte er geschossen haben", fiel Mäggi ein. „Was für ein Motiv sollte er gehabt haben? Was Frau Maiert über Grün und den Vater des Chefs erzählt hat, ist doch nicht wirklich ein Mordmotiv."
„Das sehe ich auch so, aber wir müssen natürlich auch in diese Richtung ermitteln", sagte Sauer. „Zurück zu den Tatsachen: Patrizia Grün wurde im Badezimmer aus einer Entfernung von eineinhalb bis zwei Metern getötet. Sie saß offenbar auf dem Rand der Badewanne. Der Schuss kam von unten, das heißt der Täter saß, kniete oder lag auf dem Boden vor der Frau. Der Schuss tötete sie sofort, sie kippte nach hinten in die Badewanne. Was das alles bedeutet, wissen wir noch nicht. Ich kann mir noch keinen Reim darauf machen. Irgendwann danach muss Maiert Wohnung und Gebäude verlassen haben. Zeugen dafür gib es nicht, wann das geschehen ist.
„Er könnte also die Wohnung vor dem tödlichen Schuss verlassen haben", sagte Fritz. „Ganz können wir das ja nicht ausschließen, oder Herr Sauer?"
„Sie haben Recht. Rein theoretisch ist das möglich, doch gibt es, wie wir wissen, keinerlei Hinweise auf eine dritte Person. Maiert muss auf jeden Fall das Gebäude verlassen haben, denn laut Aussage des Pförtners betrat er es zwei oder zweieinhalb Stunden nach seinem ersten Eintreffen

wieder."

„Wir müssen", fuhr Sauer fort, „mit einem Foto Maierts zunächst einmal die nähere Umgebung der Heinestraße 9 abklappern und zum Beispiel in den Geschäften nachfragen, ob jemand Maiert gesehen hat. Wenn das nichts bringt, müssen wir die Medien einschalten. In den zwei Stunden kann er in der ganzen Stadt oder sogar auswärts gewesen sein. Auf jeden Fall: Offenbar kurz nach der Rückkehr in die Wohnung erfolgte der Anruf, den Sie, Kollege Breuern, entgegennahmen. Und mehr oder weniger direkt danach muss Maiert sich selbst erschossen haben. Wenn nicht doch noch unerwartet der unsichtbare Dritte auftaucht. Bleibt das Rätsel seiner letzten Worte 'Die Scham, die Scham'. Da tappen wir weiter im Dunkeln. Ich habe einen Psychologen angefordert. Vielleicht kann der weiterhelfen. Wichtig ist, dass es der gerichtsmedizinischen Untersuchung zufolge zuvor keinen sexuellen Verkehr zwischen Maiert und dem Opfer gegeben hatte. Das muss der Presse unter die Nase gerieben werden."

„Ja haben Sie das denn in Betracht gezogen?", stöhnte Fritz.

„Hören Sie, Herr Kollege, ich muss hier meinen verdammten Job tun, ob es mir passt oder nicht. Vor der Tat wäre ich wie Sie nie auf die Idee gekommen, dass der alte Maiert ... Aber nach einer solchen Sachlage musste alles in Betracht gezogen werden. Sonst können wir gleich einpacken."

„Müssen wir uns bei den Ermittlungen wirklich nur auf Maiert beschränken?", hakte auch Mäggi ein. „Klar, die äußeren Tatsachen sprechen derzeit gegen eine dritte Person, aber gegen die Täterschaft des Chefs spricht der ganze Maiert."

„Liebe Kollegin", sagte Sauer, „liebe Kollegin, wir schließen gar nichts aus. Aber nochmals: Alles spricht gegen Maiert.

Es spricht ja niemand von Mord, vielleicht ist er einfach ausgerastet..."
„Was gar nicht sein Ding war", warf Breuern ein.
„Sie haben Recht", erwiderte Sauer, „Aber wer von uns ist dagegen auf ewig gefeit? Nochmals: Wir haben keinerlei Hinweise darauf, das sich ein Dritter zur Tatzeit in der Wohnung aufgehalten hat. Männliche Bekannte Frau Grüns werden, so weit sie uns bekannt sind, natürlich überprüft. Wir fanden keine Fingerabdrücke außer denen des Ehepaars Grün, der Haushilfe und von Maiert. An Grüns Schreibtisch fanden sich Fingerabdrücke Maierts. Was hatte er da zu schaffen? Lauter unbeantwortete Fragen. Im Schreibtisch fanden sich Briefpapier, Umschläge, Briefmarken einerseits, zum anderen an Grün gerichtete Post. Ob da was fehlt, kann wohl keiner sagen."
Sauer sah die beiden Kommissare an und sagte:
„Selbst wenn wir für einen Augenblick phantasieren wollen: Wenn Maiert die Grün nicht erschossen haben sollte, warum hat er sich dann umgebracht? Was Frau Maiert über ihren Schwiegervater und seine Verbindung zu Grün ausgesagt hat, bringt uns auch nicht wirklich weiter. Und können wir, trotz allem anderen Anschein, wirklich auch nur hypothetisch annehmen: Ein Dritter hat Maiert gezwungen, im Kommissariat anzurufen, von zwei Toten und Scham zu sprechen? Um dann von dem großen Unbekannten unter Vortäuschung eines Selbstmordes erschossen zu werden? Das ist doch alles noch ungereimter als es schon so ist. Geben Sie mir nur den kleinsten Hinweis darauf, dass Maiert nicht der Täter war! Ich würde einen solchen Strohhalm sofort ergreifen. Aber die Schmauchspuren an Maierts Hand sind nicht wegzudiskutieren. Oder wollen Sie gar annehmen, der unsichtbare Dritte habe Maiert gezwungen, sich selbst zu erschießen?"

„Dass der Hauptkommissar einmal geschossen hat", sagte Mäggi, „scheint klar. Er hat sich offenkundlich selbst getötet. Aber hat er auch die Grün erschossen?"
Sauer schüttelte den Kopf.
„Das alles bringt uns nicht weiter. Das sind müßige Spekulationen. Verständlich zwar, weil wir Maiert uns nicht als den Täter vorstellen können. Aber wer sieht schon in einen Menschen ganz hinein. Wir haben doch alle schon große Überraschungen mit anderen erlebt. Und vielleicht mit uns selbst auch schon. Sie, Kollege Breuern, haben schon Jahre mit Maiert zusammengearbeitet, kannten ihn und sein Zuhause gut. Und doch wurden Sie davon überrascht, dass er sich zu Frau Grün fahren ließ. Sie selbst sagten, es sei eigentlich nicht nachzuvollziehen, dass er überhaupt dorthin ging."
„Ja, das ist unverständlich", sagte Mäggi. „Der Chef konnte das Weib nicht ausstehen. Das war ganz offensichtlich. Wir ja auch nicht. Ihm ekelte geradezu vor ihr, vor ihrer Kaltschnäuzigkeit, ihrer Arroganz, ihrer Pietätlosigkeit. Aber deshalb hingehen und dieses Weib erschießen! Er ist kein Moralapostel gewesen und erst recht kein Henker!"
„Eben", meinte Sauer. „Wir stehen vor einem Rätsel."

7.

„Die Scham, die Scham!", knurrte Hauptkommissar Sauer. „Was zum Teufel wollte Maiert nur damit sagen?"
„Nun, vielleicht dürfte ich dazu ein Wort sagen."
Sauer, Breuern und Seiffert schauten misstrauisch die Polizeipsychologin Regine Freimut an.
„Aber bitte keine tiefenpsychologischen Vorträge!"

„Herr Sauer, soll ich meine Arbeit machen oder nicht?"
Ergeben nickten Sauer und die anderen mit dem Kopf.
„Also", sagte die Psychologin, „für mich ist die Sache klar. Schauen Sie sich doch die Fotos an!"
Sie deutete auf die Bilder vom Tatort, die in der Mitte des Tisches lagen und die alle kannten.
„Sehen Sie das Opfer in der Badewanne!" Sie hob eines der Fotos hoch und zeigte es herum.
„Was sehen Sie ganz deutlich? Nun, die Scham!", sagte sie triumphierend. Tatsächlich war auf dem Foto unter dem verrutschten Rock von Frau Grün deren Geschlecht zu erkennen.
„Offenbar", analysierte die Psychologin, „offenbar war diese weibliche Scham ein so gravierender Anblick oder ein so gravierendes Faktum für Hauptkommissar Maiert, dass er am Telefon nur noch stammeln konnte: Die Scham, die Scham!"
„Also von 'stammeln' kann gar keine Rede sein", fuhr Fritz dazwischen. „Der Chef stöhnte die Worte vielleicht, ich meine, sagte eben …."
„Stöhnte?! Das ist ja noch signifikanter", jubelte Freimut.
„Jetzt machen Sie mal einen Punkt mit diesem Schwachsinn", empörte sich Fritz. „Ich habe viele Jahre mit dem Chef zusammengearbeitet. Das Wort Scham hat er nie verwendet. Es kam in seinem Sprachschatz einfach nicht vor. Er sagte vielleicht Geschlecht oder Vagina. Aber nicht Scham. Wir sind doch nicht im 19. Jahrhundert. Und mit der Bibel hatte er es auch nicht!"
Regine Freimut sah den Kommissar vorwurfsvoll an.
„Der Herr Psychologe sprach. Ich habe in Frankfurt und Paris studiert, und Sie? Vielleicht können Sie uns ja noch sagen, was Maiert Ihrer geschätzten Meinung nach wirklich mit den Worten 'Die Scham, die Scham!' sagen wollte."

„Keine Ahnung. Vielleicht schämte er sich einfach seiner Tat, wenn er die Grün denn wirklich umgebracht haben sollte."
Sauer griff ein.
„So kommen wir nicht weiter. Kollege Breuern, lassen Sie Frau Freimut ihren Job machen! Ob uns das dann weiterbringt, wird sich zeigen. Welche Folgerungen können sie noch ziehen, Frau Freimut?"
„Die Sache ist diffizil. Ich habe mit Maiert nie zusammengearbeitet, kannte ihn nicht persönlich, von flüchtigen Begegnungen im Polizeipräsidium abgesehen. Vor allem aber: Ich habe noch nicht mit seiner Frau gesprochen."
„Um Himmels Willen", unterbrach sie Fritz, „Sie werden Maria Maiert doch nicht mit Fragen belästigen. Der Tod ihres Mannes und diese ganzen Umstände sind Belastung genug für die arme Frau."
„Hören Sie, Herr Breuern! Ohne weitere Informationen über die Kindheit und Jugend Maierts bin ich auf reine Vermutungen angewiesen. Da kann ich gleich im Kaffeesatz lesen. Möglicherweise lag bei Maiert eine starke unterbewusste Fixierung auf das weibliche Geschlecht vor, im wahrsten Sinne des Wortes. Vielleicht irgendeine Kleinkind-Fixierung. Aber dazu muss ich einfach mehr wissen."
„Hören Sie, Frau Freimut", sagte Sauer. „Ich will ein Motiv für die Tat. Warum ging Maiert zu der Grün? Warum hat er sie erschossen? Warum hat er sich erschossen? Warum tat er es zwei oder zweieinhalb Stunden später? Lauter offene Fragen, auf die wir eine Antwort brauchen."
„Diese Fragen wird kein Psychologe mit 100-prozentiger Gewissheit beantworten können. Vielleicht hat Frau Grün den Hauptkommissar provoziert, ihn vielleicht verführen wollen. Möglicherweise war Maiert geil auf sie. Eine vergleichsweise junge attraktive Frau..."

„Und dann erschießt er sie, ohne mit ihr sexuell verkehrt zu haben?" Fritz schüttelte den Kopf. „Und dann erschießt er sich. Vielleicht etwa, weil er nicht mit ihr gevögelt hat?", fragte er sarkastisch weiter. „Das alles macht doch keinen Sinn."
Die Psychologin, die sich nur mühsam beherrschte, wollte etwas darauf erwidern, als das Telefon klingelte. Sauer nahm ab und meldete sich. Seine Augen weiteten sich.
„Und was soll das heißen?... Wie?... Ach so.... Ja, danke."
Der Hauptkommissar sah in die Runde.
„Vielleicht hilft uns das weiter. Schmitt rief gerade an. Er hatte die gerichtsmedizinische Untersuchung ja eigentlich schon abgeschlossen. Aber der Fall lässt ihn auch nicht ruhen. Ihm war eingefallen, dass Maiert diese Schwindelkrankheit Morbus...Morbus irgendwie hatte."
„Morbus Menière", sagte Frau Freimut.
„Ja, also Morbus Menière. Diese Krankheit hatte Maiert, oder zumindest bestand der Verdacht darauf. Schmitt hat den Darmausgang untersucht – und hat Glyzerinreste gefunden."
Alle blickten den Hauptkommissar fragend an.
„Maiert hatte, so meint der Gerichtsmediziner, ein Beruhigungszäpfchen benutzt – gegen Schwindel. Schmitt sagt, dass Maiert vielleicht einen Schwindelanfall hatte und deswegen das Zäpfchen einführte. Möglich sei auch, dass Maiert die Medizin vorbeugend genommen habe. Das Zäpfchen hätte dann eine gewisse dämpfende Wirkung auf seine Reaktionsfähigkeit gehabt und einem möglichen Schwindelanfall vielleicht vorgebeugt. Die Wirkung eines solchen Beruhigungszäpfchens sei individuell verschieden. Habe es einen Schwindelanfall gegeben, könnte die notwendige Ruhepause eine halbe Stunde oder auch bis zu zwei Stunden gedauert haben."

„Das wäre vielleicht eine Erklärung für die lange Zeitspanne zwischen Besuchsbeginn und dem Anruf im Büro", warf Fritz ein.
„Möglich", sagte Sauer. „Aber möglich ist viel. Und uns fehlen die Details zu dem Puzzlespiel."
„Nun, ein Stückchen mehr wissen wir damit", erklärte die Psychologin. „Auch wissen wir von Frau Maiert, dass ihr Mann über dessen Vater eine Verbindung zu Herrn Grün hatte. Dieser Vater hatte Grün vor den Nazis gerettet und dieser die Karriere von Maierts Vater. Vielleicht hatte der Hauptkommissar eine starke Vaterbindung und Schuldgefühle, gar Scham-Gefühle! Maiert las den Abschlussbericht über den Selbstmord Grüns. Alles kommt nochmals in ihm hoch. Er geht zu Frau Grün – und richtet sie im Namen seines Über-Ichs, also seines Vaters. Das muss eine ungeheure Stresssituation für ihn gewesen sein. Er bekommt einen Schwindelfall, und so weiter."
„Liebe Kollegin, ein Und-so-weiter gibt es bei uns nicht", unterbrach sie Sauer. „Warum dann sein Freitod?"
„Na, er schämte sich nach seiner Untat", meinte die Psychologin.
„Das sind doch alles nur Spekulationen", sagte Fritz erregt.
„Herr Kollege, ich bitte Sie," setzte der Hauptkommissar beschwichtigend ein. „Frau Freimut tut ihren Job, wie wir den unsrigen. Ich muss aber gestehen, auch mich überzeugen diese psychologischen Erklärungen nicht. Selbst wenn das alles so stimmen sollte, stünden wir weiter vor einem Rätsel, dass sich Maiert so sollte hinreißen lassen. Das alles bleibt unbefriedigend. Ein richtiges Motiv fehlt. Andererseits gibt es ja diese Klarheit: Wir haben das Opfer, wir haben den Täter, der sich dann selbst gerichtet hat."
Mit Blick auf Breuern und Seiffert fügte er hinzu:
„Den mutmaßlichen Täter. Und weil er tot ist, wird es kei-

ne Gerichtsverhandlung geben und keinen wegen Mordes oder Totschlags verurteilten Angeklagten."
Mäggi schüttelte erneut den Kopf und sagte:
„Und warum sollte er sie im Sitzen oder Liegen erschossen haben? Das alles macht doch keinen Sinn."

8.

„Hatte der Kripomann Sex mit der Toten?", hatte eine Zeitung getitelt? Dazu gab es ein Foto mit Frau Grün in der Badewanne, das Geschlecht mit einem schwarzen Kreuz halbwegs verdeckt. Ein weiteres Bild zeigte den toten Hauptkommissar mit der Pistole am Boden.
Der Polizeipräsident tobte, Maria Maiert weinte. Der Polizeipräsident ließ für den Vormittag kurzfristig eine Pressekonferenz anberaumen und kündigte im Präsidium eine interne Prüfung darüber an, wie die Polizeifotos nach außen gelangt seien. Die Verantwortlichen würden hart zur Rechenschaft gezogen.
Maria erwischte Fritz telefonisch noch in seiner Wohnung. Er wusste von der Veröffentlichung noch nichts und war empört.
„Diese Schlagzeile ist natürlich völliger Unsinn! Die Gerichtsmedizin hat erwiesen, dass es keinen sexuellen Verkehr zwischen der Grün und...Sie hatte keinen Sexverkehr mit dem Chef.
„Natürlich nicht", rief Maria. „Aber diese Fotos! Der tote Jule! Und mich haben sie auch noch abgelichtet!"
Fritz war fassungslos, wurde dann aber aufgeklärt, dass es praktisch nur der Schatten von Maria sei. Man habe ihre Wohnung von draußen fotografiert, und hinter einem Fens-

ter sei sie schemenhaft zu sehen. Sie habe Angst, aus dem Haus zu gehen. Sicherlich lauerten draußen Fotografen. Das könne schon sein, meinte Fritz. Sie solle ihm sagen, wenn sie etwas brauche. Er brächte es dann vorbei.
Im Büro erwartete ihn Mäggi mit dem besagten Blatt in der Hand. Sauer schaute grimmig drein. Er musste in zwei Stunden mit dem Polizeipräsidenten und dem Gerichtsmediziner vor die Presse gehen. Sauer prüfte mit den beiden Kollegen und der Psychologin nochmals alle Fakten. Die Befragung der Nachbarschaft war erfolglos geblieben. Niemand hatte Maiert in der Nähe der Heinestraße gesehen. Auf der Pressekonferenz wollte Sauer daher ein vergrößertes Passfoto Maierts verteilen und über die Presse und das Fernsehen um Mithilfe der Bevölkerung bitten. Vielleicht hatte irgendjemand den Hauptkommissar am vergangenen Mittwochnachmittag in der Zeit zwischen 15 und 18 Uhr gesehen.

Der Raum im Polizeipräsidium war gerammelt voll, der Tisch vorn mit den Vertretern der Polizei, bestückt mit Mikrophonen. Mehrere Fernseh- und Radiosender waren vertreten. Polizeisprecher Bierle bat um Ruhe und kündigte an, dass zunächst Polizeipräsident Dr. Manfred Huber kurz die Pressekonferenz einleiten werde. Dann wolle Hauptkommissar Peter Sauer vom Landeskriminalamt die bisherigen Ermittlungsergebnisse bekanntgeben und Gerichtsmediziner Dr. Georg Schmitt seinen Befund mitteilen.
Huber hob die Titelseite des Massenblatts hoch.
„So nicht, meine Damen und Herren Journalisten. Abgesehen davon, dass die Schlagzeile kompletter Unsinn ist, wird hier die Würde zweier Menschen brutal verletzt und den Angehörigen zusätzlich Leid angetan. Das ist eine Sauerei, billigste Meinungsmache und bloße Spekulation um einen

äußerst schmerzhaften und bedauerlichen Fall! Wie immer die Fotos vom Tatort in die Hände der Zeitung gelangt sein mögen: Die Verantwortlichen in den Polizeireihen werden drakonisch zur Rechenschaft gezogen. Ich übergebe jetzt das Mikrophon an den für die Ermittlungen im Fall Grün/ Maiert verantwortlichen Hauptkommissar Sauer. Wir haben ihn, wie Sie vermutlich wissen, vom Landeskriminalamt für die Übernahme des Falls angefordert. Es sollte gar nicht erst der Verdacht aufkommen, wir wollten hier irgendetwas vertuschen, nachdem ein Mann aus unseren Reihen – und ich muss hier sagen: ein bisher untadeliger und verdienstvoller Mann -, dass also Hauptkommissar Julius Maiert in den Fall verwickelt ist. Hier soll aber auch gar nichts vertuscht werden. Ganz außer Frage steht: Es ist für uns alle eine Katastrophe."

Sauer erläuterte den Stand der Ermittlungen. Dazwischen gab er dem Gerichtsmediziner das Wort, der auch auf Nachfragen von Journalisten beteuerte, es gebe keinerlei Spermaspuren oder sonstige Hinweise auf sexuelle oder andere körperliche Kontakte am Leichnam der getöteten Frau. Es gebe keinerlei Hinweise darauf, dass Hauptkommissar Maiert in irgendeiner solchen Weise aktiv geworden sei. Auf die Frage eines Journalisten, ob der Slip oder Tanga Frau Grüns gefunden worden sei, verwies Schmitt irritiert an Sauer. Der erläuterte:

„Es gibt keinen Hinweis darauf, dass die Tote Unterwäsche getragen hat. An dem besagten Tag jedenfalls nicht. Im Schlafzimmer Frau Grüns haben wir allerdings saubere Unterwäsche verschiedener Art gefunden. Sie hat also solche Kleidungsstücke durchaus besessen. Es entzieht sich aber unserer Erkenntnis, ob das Opfer ein solches sonst getragen hat. Auf jeden Fall haben wir ein frisch benutztes Höschen oder Ähnliches nicht aufgefunden. Auch gibt es

keinerlei Hinweis darauf, dass der Toten ein solches Kleidungsstück ausgezogen wurde – vor oder nach der Tat."
Ein Journalist fragte den Polizeipräsidenten, warum denn ein kranker Mann wie Maiert habe Dienst tun können. Der habe doch wenige Tage zuvor einen starken Schwindelanfall erlitten und sei ins Krankenhaus gebracht worden. So jemand sei doch ein Risikofall.
„Hauptkommissar Maiert wurde nicht krank geschrieben", sagte Huber. „Er hätte sich allerdings jederzeit krank schreiben lassen können. Doch Maiert hat es, sicherlich aus Pflichtgefühl und aus einem hohen Arbeitsethos heraus, nicht getan. Unzählige Menschen mit Hörsturz lassen sich ambulant behandeln und gehen weiter ihrer Arbeit nach. Hauptkommissar Maiert ist seit Jahrzehnten für seinen Diensteifer und seine Verlässlichkeit bei allen Kollegen bekannt gewesen. Er war hierin ein großes Vorbild für alle."
„Zuletzt wohl hoffentlich nicht", ließ sich eine Stimme aus dem Pressepulk vernehmen.
Sauer gestand seine Hilflosigkeit über das Motiv des mutmaßlichen Doppelschützen Maiert ein.
„Das ist noch immer ein Rätsel – und könnte eines bleiben, denn Zeugen gibt es nicht. Wir werden vermutlich die Akte schließen müssen mit dieser Lücke. Denn auch die vage Beziehung von Maierts Vater zu dem vor kurzem durch Selbstmord geendeten Salomon Grün, dem Ehemann von Patrizia Grün, erhellt wenig.
Alle spitzten die Ohren, als Sauer die Vorgeschichte schilderte. Zu den aufgeregten Nachfragen sagte er:
„Ich glaube nicht, dass wir hierüber je Näheres wissen werden. Auch Frau Maiert hat nach ihren Aussagen von ihrem Mann nicht mehr erfahren. Schriftliches gibt es allenfalls über die Entnazifizierung des Vaters von Hauptkommissar Maiert. Ihren Recherchen sind da keine Grenzen gesetzt.

Verständlicherweise wird es aber kaum Dokumente darüber geben, wie Maiert senior im Dritten Reich der Familie Grün geholfen hatte. Wir wissen nur: Maiert senior war Parteimitglied. Nach dem Krieg wurde er als Mitläufer eingestuft und zunächst nicht in den Polizeidienst übernommen. Doch dann kam die Entlastung durch den späteren Bankier Salomon Grün. Daraufhin konnte er seine Karriere im Polizeidienst fortführen. Frau Maiert, die Gattin von Julius Maiert, sagte aus, sie wisse nichts davon, dass ihr Mann und Herr Grün später Kontakte miteinander gehabt hätten. Sie würde das eigentlich ausschließen."

Am nächsten Tag gab es Zeitungsüberschriften wie „Rächte der Hauptkommissar seinen jüdischen Freund?" und „Wo ist das Höschen der Toten?". Zugleich wurde Maierts Passfoto veröffentlicht und um die Mithilfe der Bevölkerung gebeten. Schon bald trafen die ersten Telefonanrufe ein. Jemand wollte Maiert an der mehrere Hundert Kilometer entfernten Nordseeküste zur fraglichen Zeit gesehen haben. Ernsthaftere Angaben wurden überprüft. Doch war nicht mit Sicherheit festzustellen, ob Maiert wirklich am frühen Abend des besagten Mittwochs im Park nahe der Heinestraße gesessen hatte, wie behauptet wurde.

9.

Sauer kehrte mit Margarete Seiffert und Regine Freimut von der Beerdigung Maierts ins Polizeipräsidium zurück. Viele Kollegen sowie Freunde und Bekannte des Ehepaars Maiert waren in die Friedhofshalle und dann zur Grablegung gekommen. Natürlich wimmelte es von Journalisten,

Fotografen und Fernsehteams.

Fritz hatte vorne neben der verschleierten Maria Maiert Platz genommen. Orgelmusik erklang. Auf Wunsch der Witwe sprach kein Geistlicher, und auch sonstige Reden unterblieben. Nachdem die Orgelmusik verklungen war, blieben Maria Maiert und mit ihr viele der Anwesenden noch einige Minuten in Stille sitzen. Anschließend ging es zum offenen Grab. Dort wurde der Sarg hineingesenkt. Die Trauergäste drückten der Witwe meist stumm die Hand, einige versuchten sich mit tröstenden Worten. Ziemlich rasch verliefen sich die Leute. Fritz blieb mit Maria zurück. Diese nickte ihm endlich zu. Er fuhr sie mit dem Wagen nach Hause und setzte sie auf ihren Wunsch hin dort ab. Sie wolle jetzt allein sein, sagte sie.

Sauer räumte inzwischen seine wenigen persönlichen Dinge im ehemaligen Büro Maierts zusammen. Mäggi sagte im Nebenraum zu Regine Freimut:

„Wie frustrierend. Wir wissen so vieles über den Fall und gleichzeitig so wenig um das Wieso und Warum." Sie nagte an ihren Fingernägeln. „Und selbst wenn wir das Motiv wüssten, würden wir dann das Verhalten des Chefs verstehen? Ich meine den Grund seines Handelns, wüssten wir den dann wirklich? Ich meine den tieferen Grund, nicht nur zufällige Ursachen..."

Die Kriminalbeamtin stoppte ihr lautes Nachdenken, denn da stand Fritz in der Tür und grinste.

Sauer verabschiedete sich von den beiden Kommissaren und der Psychologin. Von einem Nachfolger für Maiert als Hauptkommissar sei ihm bisher noch nichts bekannt, sagte er und drückte Breuern und dann den beiden Frauen die Hand. Mäggi begleitete ihn nach unten. Regine Freimut sagte „Tschüss", machte ein paar Schritte zur Tür, drehte sich aber nochmals um und kam zu Fritz zurück.

„Ich hatte Ihnen noch gar nicht von meinem Gespräch mit Frau Maiert erzählt. Zur Aufklärung des Falls hat es eigentlich nichts erbracht. Ich bin mir aber unsicher darüber, ob sie wirklich nichts weiter wusste oder ob sie mir nichts sagen wollte. Ich habe da so ein komisches Gefühl. Sie wirkte ziemlich verschlossen. Sie ist in ihrem Alter noch eine schöne Frau, aber ihr einer Mundwinkel ist so verkniffen! Als ob sich Häme dahinter verberge."
„Häme?", wiederholte Fritz laut.
„Ja, als gäbe es einen geheimen Vorbehalt, eine Bitterkeit auch."
„Jetzt aber Schluss mit Ihrer Psychologiesiererei! Sie ist eine wunderbare Frau. Ich kenne sie fast so lange, wie ich den Chef kenne...kannte. Sie war wie eine Mutter zu mir."
„Ja, tschüss", meinte die Psychologin, verkniff sich aber nicht im Gehen noch zu sagen:
„Auch Mütter können verletzen."
Bevor Fritz grob werden konnte, war sie aus der Tür. Er kochte innerlich und musste seinen Zorn hinunterspülen. Da erinnerte er sich daran, dass der Chef immer eine Cognacflasche im Schreibtisch gehabt hatte. Tatsächlich, da war sie noch. Angebrochen war die Flasche, aber fast voll. Fritz nahm sich nicht die Zeit, ein Glas zu holen, sondern trank einen tiefen Schluck aus der Flasche. Irgendjemand würde Julius Maiert nachfolgen und seine Stelle als neuer Hauptkommissar einnehmen. So war es halt.
Dann dachte er an Maria. Er hatte ihr seine Hilfe angeboten, wann immer sie ihn brauche. Sie hatte ihm gedankt und ihn gebeten, ihr Zeit zu geben, zu sich zu kommen. Was Maria wohl jetzt machte, dachte Fritz. Er konnte nicht wissen, er konnte nicht ahnen, dass sie immer wieder einen Brief las.

10.

Liebe Maria!

Verzeih mir, verzeih mir! Ich bereite Dir Schmerz und Leid durch meine Tat. Ich weiss. Hätte ich nur anders gekonnt. Warum hatte ich nicht auf Dich gehört? Warum hatte ich nicht gleich nach dem ersten Schwindel Schluss gemacht mit dem Beruf. War es nicht ein klares Warnsignal? Aber ich bildete mir ein, das spurlos wegzustecken. Hätte, hätte ..... ich habe es nicht. Und jetzt ist es zu spät.

Wenn Du diesen Brief in den Händen hältst, hast Du die äusseren Fakten erfahren. Aber Du hast zumindest ein Anrecht darauf zu wissen, was da genau vor sich ging. Es ist nicht leicht, davon zu sprechen, zu schreiben. Aber es muss getan sein. Ich habe nicht viel mit Dir über den Fall Grün gesprochen. Ich habe ja so gut wie nie über meine Fälle mit Dir gesprochen. Der Beruf, der mich eh fast auffrass, sollte nicht auch noch unser Privatleben besetzen. Vielleicht war das ein Fehler. Egal. Du hast von der Familiengeschichte um Grün gewusst und hast gemerkt, dass mich der Tod des Salomon Grün mitnahm. Ich weiss nicht, warum das so war. Ich hatte ja gar keine direkte Beziehung zu dem Mann, kannte ihn nur durch die Erzählung meines Vaters und dann durch gelegentliche Zeitungsartikel. Ein, zwei Mal hatte ich ihn vielleicht auch im Fernsehen gesehen. Das liess mich eigentlich kalt. Als er dann aber tot dalag, berührte es mich doch sehr stark. Aber irgendwann hätte ich das auch abgehakt. Doch da war diese Patrizia Grün. Ihr Verhalten traf mich. In meinem Beruf habe ich genügend grässliche Menschen kennengelernt. Eigentlich bildete ich mir ein, abgehärtet zu sein. Und wenn das eine andere Leiche gewesen wäre, hätte ich sicherlich ohne gross mit der Wimper zu zucken meinen Job getan.

Der Tod Grüns hat offenbar tief in meinem Inneren Narben aufgerissen von Wunden, die mir gar nicht bewusst waren. Aber was soll dieses Psychologisieren? Das werden die schon machen, das brauche ich nicht zu machen. Es führt auch zu nichts. Tatsache ist, dass dieses Weib mir Abscheu einflösste, Ekel. Der Tod Grüns und das Verhalten der Grün hatten mich erschüttert, ohne dass ich es wahr haben wollte. Der Hörsturz und dann die Schwindelanfälle, dieser Morbus Menière, diese Signale hörte ich nicht, wollte ich nicht wahrnehmen. Es schien ja auch wieder zu gehen, bis auf diesen Tinnitus und die Hörminderung im linken Ohr.

Da habe ich mich schön selbst beschwindelt! Das zeigte sich, als ich an diesem Mittwoch, heute, den Abschlussbericht zum Fall Grün unterschreiben wollte. Der Fall war ja längst gelaufen. Meine Abteilung war schon längst mit anderen Fällen beschäftigt. Doch noch einmal vor Augen gestellt, brach alles wieder auf. Die Unterschrift genügte mir nicht, oder besser: genügte etwas oder jemandem in mir nicht.

Ich beschloss, die Grün aufzusuchen und ihr meine Abscheu ganz offen ins Gesicht zu sagen, meinen Ekel vor ihr herauszubrechen. Sie zu besudeln mit meinen Worten, nachdem sie offenbar keinerlei Schmutz an sich wahrnahm. Das wollte ich tun und ihr dann den Rücken zudrehen und gehen. Ich wusste und weiss, dass das eigentlich ein unmöglicher Schritt war. Und dann habe ich mich ja doch wieder korrekt zurückgehalten und still gehen wollen. Aber...

Auf der Fahrt zur Heinestrasse wunderte ich mich über mich selbst. Ich, der korrekte Maiert, liess mich zu dieser Frau bringen, obwohl der Fall längst abgeschlossen war. Zum ersten Mal konnte ich meinen Vater verstehen, der damals in der Nazizeit diesen verrückten Schritt getan hatte und sich und seine Familie für die Grüns riskierte. Sein und mein Entschluss sind natürlich gar nicht zu vergleichen. Sein Schritt war heldenhaft oder so etwas, meiner nur lächerlich. Und er ist tödlich geworden. Die Parallele, wenn man überhaupt davon sprechen kann, besteht also nur im Überschreiten der Beamtenmentalität. Jetzt bin ich doch wieder ins Psychologisieren gekommen! Vielleicht habe ich den falschen Beruf gewählt.

Ich ging also zu der Grün. Als ich ihr gegenüberstand, hätte ich zum ersten Mal in meinem Leben einer Frau ins Gesicht schlagen können, in diese fiese Fresse. Entschuldige! Über Tote soll man nichts Schlechtes reden. Und ich hätte es eh nicht tun können. Da war ich doch zu sehr Beamter.

Liebe Maria, verzeih die vielen unnötigen Worte! Wenn man so kurz vor dem Ende seines Lebens steht, will man das anscheinend etwas hinauszögern. Ich will Dir jetzt einfach erzählen, möglichst wortgetreu, was genau passiert ist. Vielleicht, vielleicht verstehst Du dann ein wenig meine Tat. Nicht dass sie dadurch gerechtfertigt wäre. Nein, das nicht. Die Strafe folgt ja auch gleich auf dem Fuss.

Also, sie öffnete die Tür (am Mittwoch hat die Haushälterin ihren freien Nachmittag), zog die Augenbrauen hoch und sagte: "Ich wusste nicht, dass Sie bei mir etwas vergessen haben, Herr Kommissar, eh Herr Hauptkommissar." Diese dumme korrigierende Wiederholung war ein Tick von ihr. "Aber kommen Sie doch herein, Herr Kommissar, eh Herr Hauptkommissar!"
"Nein, zu suchen habe ich eigentlich nichts bei Ihnen. Ich wollte Ihnen nur zwei Dinge sagen."
"Gleich zwei Dinge. Na, dann müssen Sie wirklich hereinkommen Herr Kommissar, eh Herr Hauptkommissar. Und ich muss

mir eine Zigarette anzünden. Folgen Sie mir!"
Sie führte mich ins Wohnzimmer, setzte sich und steckte sich eine Zigarette an.
"Aber setzen Sie sich doch, Herr Kommissar, eh Herr Hauptkommissar!"
Aber ich blieb lieber stehen.
"Ich will es kurz machen."
"Und hoffentlich schmerzlos."
"Ich habe heute meine Unterschrift unter den Fall Grün setzen wollen."
"Setzen wollen? Jetzt erst? Aber der gute Grün ist doch längst entsorgt. Sie nehmen sich bei der Kriminalpolizei offenbar viel Zeit. Nun, für irgendetwas müssen die Steuergelder ja ausgegeben werden."
Sie lachte ausgiebig über ihren dummen Witz.
"Hören Sie, Frau Grün!"
"Ich höre, Herr Kommissar, Herr Hauptkommissar!"
Ich fragte sie nach dem Prostatakrebs ihres Mannes. Was immer sie dann noch alles sagte, es war gemein und widerlich. Ich wollte einfach nur noch gehen, machte ein paar Schritte zur Tür und bemerkte zugleich, wie mein Kopf schwer wurde. Kurz: Ein Schwindelanfall war im Anmarsch. Und es ging rasend schnell. Ich hielt mich an einem Sessel fest. Die Grün schaute mich interessiert an, wie ein seltenes, noch nie gesehenes Insekt.
"Lieber Herr Kommissar, eh Herr Hauptkommissar, setzen Sie sich doch! Ich hoffe, Sie machen mir keine Szene."
Aber ich war schon in die Knie gesunken und krabbelte auf allen Vieren durch die Tür auf den Gang zum Bad. Ich kannte die Richtung, da ich ja nach dem Selbstmord Salomon Grüns die Wohnung aufgesucht hatte. Ich schaffte es gerade noch zur Toilettenschüssel, in die ich mich erbrach. Als der erste Teil raus war, kehrte ich mich zur Seite und sah auf.
Da stand sie, diese Frau, mit der Zigarette im Mund und guckte

interessiert zu und schüttelte den Kopf.
"Aber Herr Kommissar, eh Herr Hauptkommissar!"
"Gehen Sie, gehen Sie, bitte!", keuchte ich und suchte in meiner Jackentasche nach der Arzneipackung mit den Beruhigungszäpfchen.
"Gehen Sie, gehen Sie endlich!", schrie ich. Doch sie hatte sich inzwischen mir gegenüber breitbeinig auf den Rand der Badewanne gesetzt, rauchte und beobachtete mich.
"Was für ein Auftritt, Herr Kommissar, eh Herr Hauptkommissar. Filmreif. Ich dachte, Sie wollten mir eine Szene machen, und jetzt machen Sie nur eine Sauerei."
"Gehen Sie, gehen Sie verdammt noch mal!", rief ich.
Doch Sie fing nur an zu lachen.
"Herr Kommissar, eh Herr Hauptkommissar, Sie sind in meiner Wohnung, Sie sind in meinem Bad. Sie kamen uneingeladen. Jetzt müssen Sie sich schon mit der Anwesenheit der Besitzerin anfreunden. Ich will mir doch so einen Auftritt nicht entgehen lassen."
Da zog ich meine Dienstpistole, um ihr zu drohen. Ich fummelte sie mühsam heraus und hielt sie wohl ziemlich schwankend in ihre Richtung.
"Gehen Sie, zum letzten Mal, gehen Sie raus und machen Sie die Tür hinter sich zu!"
Die Frau guckte erst verblüfft, dann lachte sie, schlug sich mit der Hand auf den Schenkel und kreischte:
"Herr Kommissar, eh Herr Haupt..."
Da schoss ich. Oder da schoss es. Auf jeden Fall ging der Schuss los. Ich weiss nicht wie. Frau Grün fiel zurück in die Badewanne und rührte sich nicht mehr. Und ich erbrach mich erneut ins Klo. Dann kramte ich das Arzneipäckchen heraus, nahm eines der Zäpfchen und ...... Dann lag ich da. Auf dem Toilettenboden. Einmal musste ich noch kurz erbrechen. Nach einer Stunde etwa hatte sich der Schwindelanfall gelegt.

Ich gebe zu, es war eine Art Feigheit. Diese Scham, diese Scham! Ich war unfähig, mir vor ihr, vor dieser Frau, die Hose herunterzuziehen und mir das Zäpfchen in den Po zu stecken. Kannst Du das verstehen? Ich konnte es einfach nicht. Alles in mir sträubte sich dagegen. Ich wollte sie mit der Pistole verjagen - und jagte ihr eine Kugel ins Herz. Das sah ich dann später. Mitten ins Herz. Mit meiner zitternden Hand hätte ich es bestimmt nicht geschafft, gewollt so genau zu treffen. Ich nicht. Aber etwas in mir?

Liebe Maria, ich habe versucht, genau zu beschreiben, was vorgefallen ist. Ob das wörtlich so alles stimmt, weiss ich nicht. Ich habe es aber nach bestem Wissen und Gewissen geschrieben.

Ich kann, ich will mich nicht rechtfertigen. Das alles hätte nicht passieren dürfen. Aber es ist passiert. Und ich sehe keinen anderen Ausweg, als mich aus dem Weg zu schaffen. Ich könnte niemandem mehr in die Augen schauen. Vielleicht bekäme ich mildernde Umstände. Aber ich kann mir die Umstände nicht mildern. Ich kann mir nicht verzeihen. Ich kann niemandem als Dir erzählen, was vorgefallen ist.

Wenn ich diesen Brief abgeschlossen habe, und das ist gleich der Fall, dann bringe ich ihn zum nächsten Briefkasten und kehre in die Wohnung zurück.

Der Rest wird Schweigen sein.

Verzeih mir! Ich liebe Dich!

Dein Julius

Nachspiel (2)

Maria legte den Brief behutsam auf den Tisch und griff zum Weinglas. Doch sie trank nicht. Sie hielt das Glas in der Hand und schaute auf die Seiten, die sie in den vergangenen Monaten wieder und wieder gelesen hatte. Sie kannte den Brief inzwischen fast auswendig. Gelesen und wieder gelesen, aber nicht nachvollziehbar. Aus Scham also hatte Jule zwei Menschen getötet, sich und diese Grün, diese Grün und sich.
Gut, er hatte sich hilflos gefühlt, dieser Frau ausgeliefert gefühlt. Diesem schamlosen Weib gegenüber. Jule war immer etwas etepetete gewesen, trotz seines Berufs, der ihn oft genug gezwungen hatte, in den Schambereich anderer einzudringen. Er hatte auch noch nach mehr als 30 Jahren im Polizeidienst darunter gelitten. Aber es ist sein Job, es war sein Job. Doch warum hatte er dann gerade diesen Beruf ausgesucht? Nur weil es sein Vater auch gemacht hatte? Sie hatte Jule immer wieder danach befragt, aber nur ausweichende Antworten erhalten. Als sie selbst populärpsychologische Erklärungen vorbrachte, winkte er indigniert ab. Er wollte nichts davon hören, etwa von einem unterdrückten Wunsch nach Schamverletzung. Jule wollte davon nichts wissen. Er war der Ermittler, der Kripobeamte, der seinem Beruf nachging. Und sie selbst war sich über dieses angelesene Zeugs auch gar nicht so sicher. Aber wenn man gar nicht darüber sprach? Das wollte er einfach nicht. Versteh einer die Männer! Versteh einer Jule!
Maria schloss nachdenklich die Augen. Sie ließ die geschilderten Szenen vor ihrem inneren Augen noch einmal ablaufen – und da blitzte der Gedanke auf: Jule musste die Waffe nach dem Herausziehen entsichert haben.
Lange saß sie nachdenklich da. Dann stand sie auf, ging zum Schlafzimmer und betrachtete durch den Türspalt ihren Beischläfer. Im Halbdunkel ahnte sie mehr, dass er friedlich

schlief, denn sie sah ihn nur schattenhaft. Aber sie traute dem Frieden nicht. Er war jung, sie war alt.
Zurück in der Küche zerknüllte sie das von ihrem Mann beschriebene Briefpapier Salomon Grüns und den Briefumschlag. War das fair gegenüber dem Jungen? Der Arme würde den Tod Jules, den Fall Grün nie verstehen. Aber was war daran zu verstehen?
Maria nahm die Briefbögen und den Umschlag zur Spüle und verbrannte dann ein Papier nach dem anderen. Die verkohlten Reste spülte sie hinunter, scheuerte den Edelstahl blank und wusch sich dann ausgiebig die Hände. Sie setzte sich zurück an den Küchentisch und griff nach dem Weinglas. Als sie es an die Lippen setzen wollte, ertönte von der Küchentür seine Stimme: „Was machst du denn hier?"
Sie schaute hoch, doch blickte sie ihm nicht in die Augen. Ein paar Weintropfen waren auf den weißen Morgenmantel gefallen und hinterließen rote Flecken. Er trat nackt in die Küche, nahm ihr das Weinglas aus der Hand, trank den Rest, wischte sich mit dem Handrücken über den Mund, stellte das Glas auf den Tisch, ergriff die Sitzende und hob sie hoch. Dann trug Fritz Maria ins Schlafzimmer.

Ende

Hitlerjunge Ado Parzival Rhein

1945

1.

Hitlerjunge Ado Parzival Rhein verstand die Welt nicht mehr. Als er an diesem Frühlingsmorgen in die Küche trat und wie immer mit „Heil Hitler" grüßte, nahm er verblüfft wahr, dass sein Vater ohne Schnurrbart und nicht in SA-Uniform am Tisch saß. Herbert Rhein fuhr auf, stürzte auf Ado zu, schlug ihm den erhobenen rechten Arm nach unten und mit der Rückhand eine Ohrfeige. Ado taumelte zur Seite, doch steckte er die Schläge unbeeindruckt weg. Hart wie Kruppstahl.
„Bist du verrückt geworden?", brüllte Rhein. „Zieh sofort deine Uniform aus! Aber dalli!"
Ado sah versteinert zu der am Herd stehenden Mutter, die ihm zitternd zunickte. Derweil hatte sich der Schäferhund aus seiner Ecke erhoben, zottelte zu dem Jungen und rieb den Kopf an seinen Beinen.
„Wird's bald! Zieh dir die Uniform aus und dann zivile Klamotten an! Dalli, dalli!" Der Vater stieß ihn in Richtung Küchentür. „Und bring das ganze Zeug dann mit! Wir müssen das alles im Garten vergraben."
Ado sah im Hinausstolpern neben der Tür den Wäschekorb gefüllt mit der braunen Uniform, mit Hakenkreuzfahnen und Hitlerbildern.
Er stürzte in sein Zimmer, riss sich die Uniform vom Leib und schlüpfte in seinen Trainingsanzug. Sein Blick fiel auf das Bild in der Zimmerecke über dem Bett: Der Führer im Harnisch auf einem Pferd. Sozusagen Ados Herrgottswinkel. Das gerahmte Bild des Bannerträgers unter die Matrat-

ze stecken und die Koppel seiner Uniform dazu, war eins. Dann schnappte er die Uniform und rannte in Richtung Küche. Sein Vater kam ihm mit dem Wäschekorb entgegen. Sie stiegen die Treppe ins Erdgeschoss hinunter, traten durch den Hinterausgang in den Garten und durchquerten ihn bis zu einer Ecke mit Büschen.
„Hol Spaten und Schaufel aus dem Geräteschuppen, aber dalli!", knurrte Ados Vater, setzte den Wäschekorb ab und zündete sich einen Stumpen an. Er riss den Spaten an sich, als sein Sohn vom Geräteschuppen zurückkam, hob eine größere Grasfläche zwischen den Büschen ab und legte sie vorsichtig zur Seite. Dann machten sich Vater und Sohn daran, eine Grube zu graben. Eine halbe Stunde später verschwanden die Uniform des SA-Ortsgruppenleiters, die Kluft des Hitlerjungen, Hakenkreuzfahnen, Hakenkreuzaschenbecher und anderes hakiges Zeug in dem braunen Loch. Als zuletzt „Mein Kampf" hineingeworfen wurde, versuchte Ado zu protestieren. Sein Vater donnerte ein „Halt die Schnauze!", drehte sich um und griff nach der Schaufel. Ado schob das Buch blitzschnell unter eines der Kleidungsstücke und schwor sich, es bei nächster Gelegenheit wieder auszugraben und sicherzustellen. Rhein begann, Erde auf das Zeug zu werfen, und sein Sohn half ihm dabei. Während Ado am Ende die überflüssige Erde in einem Eimer zum Komposthaufen schleppte, legte sein Vater den Rasenteppich wieder auf, klopfte ihn fest, so dass von den Grabungsarbeiten so gut wie nichts mehr zu sehen war. Er griff sich den Wäschekorb und kehrte ins Haus zurück, während Ado Spaten und Schaufel im Schuppen verstaute.
Als Ado in die Küche trat, fand er nur seine Mutter vor. Er wusch sich die Hände und setzte sich an den Tisch, wo sie ihm eine Tasse warme Milch und ein Butterbrot reichte. Sie setzte sich ihm gegenüber und schaute ihren Sohn sorgen-

voll an.
„Die Amis haben heute früh die Stadt erreicht. Der Krieg ist hier zu Ende. Ich habe Angst. Es sollen richtige schwarze Neger unter den Soldaten sein, die uns deutsche Frauen..." Hildegard Rhein stockte.
Wo der Vater sei, wollte Ado wissen.
„Der ist zum Bauernhof aufgebrochen, um sich dort bei Onkel Max zu verstecken. Es wird gemunkelt, dass alle SA- und SS-Männer von den Amis an die Wand gestellt werden. Dabei haben die doch nur ihre Pflicht getan und ihre Heimat verteidigt. Du, Parzival, bleibst vorläufig im Haus! Wer weiß, ob trotz der weißen Fahne am Rathaus die Amis nicht doch schießen."

2.

Ado hatte unwirsch den Kopf geruckt, als ihn seine Mutter mit seinem zweiten ungeliebten Vornamen ansprach. Das tat sie nur, wenn ihr Mann nicht dabei war. Der hatte dem Führer zu Ehren seinem Sprössling den Namen Ado gegeben, denn Adolf, so brüstete er sich damals vor seinen Kameraden, wäre zu unbescheiden für den Sohn eines einfachen SA-Mannes. Rhein fand das einen sehr schlauen Schachzug. Seine Frau schlug als glühende Wagner-Verehrerin als zweiten Vornamen Parsival vor. Dass im Geburtsregister Parzival mit einem Z eingetragen wurde, war ein Flüchtigkeitsfehler.
Rhein fand Musik außer Märschen und dem Horst-Wessel-Lied überflüssig, konnte aber gegen Wagners Musik, die ihn nur langweilte, nichts sagen. Der Führer verehrte aus dem SA-Mann unbekannten Gründen diesen Komponisten. Da-

gegen war er mit dem Führer auf einer Geschmackslinie bezüglich der Lektüre: Karl May! Wobei Rhein allerdings nicht verstand, warum sich Old Shatterhand immer als Christ gebärden musste. Und überhaupt: Winnetou war sicher kein Arier. Aber, sagte der Vater in den gelegentlichen Ansprachen an den Hitlerjungen Ado, wie könnten wir schlauer als unser Führer sein wollen.

„Lies weiter", pflegte er dann zu sagen. Ado durfte am Sonntag nach dem Mittagessen abwechselnd aus einem Karl May-Band oder aus „Mein Kampf" vorlesen, während der Vater seinen Stumpen paffte.

Ado stand nach dem Frühstück auf und ging zur Küchentür, drehte sich aber wieder um und fragte seine Mutter, wo Wolf sei.

„Vater hat ihn mitgenommen. Er meinte, der Hund würde ihn vor den Amis besser schützen als eine Pistole. Hoffentlich passiert ihm nichts."

Ado sagte nichts und ging in sein Zimmer. Dort holte er das Hitler-Bild unter der Matratze hervor, setzte sich auf das Bett und betrachtete den Bannerträger, der vor zwei Tagen heldenhaft im Kampf gegen die russischen Barbaren in Berlin gefallen war. So hatte es der Radiosprecher gesagt. Ado wischte sich mit dem Ärmel seiner Trainingsjacke die feuchten Augen und tupfte eine Träne von dem Führerbild. Seine Mutter durfte weinen, ein deutscher Mann nicht. Er wäre dem Führer heldenhaft in den Tod gefolgt. Seinem Vater konnte er nicht verzeihen, dass er das Hissen der weißen Fahne zugelassen hatte. Und jetzt dieses schmachvolle Vergraben von allem, woran man geglaubt, was man geliebt hatte.

Ado steckte schließlich das Bild und die Koppel mit der Aufschrift „Blut und Ehre" auf dem Schloss unter seine Trainingsjacke und stieg auf den Speicher. Dort hatte er schon als Kind ein Versteck angelegt, in dem er seine Schätze verbarg. Im schummrigen Licht unter dem Dach würde er seinen Bannerträger betrachten können, wann immer er wollte, auch wenn jetzt sogar sein Vater, der alte SA-Kämpfer, nichts mehr vom Führer wissen wollte. Hier würde er auch Hitlers Buch verstecken, er als treuer Knappe seines ritterlichen Führers, der den Russen bis zuletzt die Stirn geboten hatte.

3.

Von den Russen war man in der kleinen Stadt weit entfernt. Dagegen stand die US- Army vor der Tür, und das im wahrsten Sinne des Wortes, wie Ado feststellte. Zurück in seinem Zimmer hörte er draußen einen Wagen vorfahren. Vom Fenster aus sah er, dass ein Jeep vor dem Haus hielt. Ein amerikanischer Offizier und ein Soldat stiegen aus. Während der Soldat sich auf die Kühlerhaube setzte und sich eine Zigarette anzündete, musterte der Offizier die Villa. Dann schien er sich aufzuraffen, winkte dem Soldaten. Der warf die Kippe weg und trat und mit ihm ins Haus; die Tür stand offen, wie es tagsüber üblich war. Kurz darauf klopfte der Soldat an die Wohnungstür im ersten Stock.
Hildegard Rhein öffnete und sah erschrocken auf die beiden uniformierten Männer. Was der Soldat zu ihr in Englisch sagte, verstand sie nicht. Verängstigt schaute sie von einem zum andern.
„Frau Rhein", sagte der Offizier.
„Jesusmaria! Sie sprechen Deutsch?"
„Sie erkennen mich nicht wieder? Well, es sind auch mehr als zehn Jahre vergangen, als ich hier wohnte", sagte der

Fremde mit leichtem amerikanischen Akzent.
„Jesusmaria! Der Richard! Ich meine, der Herr Richard Rosenzweig."
Fassungslos legte sie die Hände auf ihre Wangen. Inzwischen hatte der Soldat erneut auf Englisch zu ihr gesprochen. Sie blickte verständnislos Rosenzweig an.
„Was sagt der?"
„Er sagt, dass die amerikanische Militärverwaltung dieses Haus beschlagnahmt."
„Aber...", stotterte sie, doch Rosenzweig unterbrach sie.
„Zugleich nehme ich die elterliche Wohnung, das ganze Haus meines Vater wieder in Besitz."
„Jesusmaria! Und wo sollen wir hin? Mein Mann, mein Sohn und ich?"
„Von mir aus kann Ihre Familie wieder in der Hausmeisterwohnung im Erdgeschoss wohnen; so , wo sie früher." Er warf einen Blick in den Flur. „Unsere Möbel, ich erkenne die Kommode und den Schrank dort wieder, die bleiben natürlich hier!"
„Aber in der Hausmeisterwohnung wohnt jetzt die Witwe Meyer mit ihren drei Mädchen."
„Dann wird es da unten etwas enger. Sie können natürlich auch ausziehen. Auf jeden Fall: Morgen Vormittag ziehe ich ein. Guten Tag, Frau Rhein."
Rosenzweig ging mit dem Soldaten die Treppe hinunter; sie folgte ihm verstört.
„Aber..aber", stotterte sie. Rosenzweig blieb stehen.
„Wo ist eigentlich Ihr Mann?"
„Der...der ist nicht da. Ich weiß nicht, wo er sich zurzeit aufhält."
„Wenn Sie ihn sehen, sagen Sie ihm, dass er sich auf dem Rathaus melden muss. Dort ist der Sitz der amerikanischen Militärverwaltung."

Draußen setzte sich der Soldat hinter das Steuer des Jeeps und wartete darauf, dass sein Vorgesetzter in das Auto einstieg. Der ließ sich aber Zeit, schaute auf sein altes Zuhause, holte eine Packung „Lucky Strike" aus der Tasche, zog eine Zigarette heraus, zündete sie mit seinem Militärfeuerzeug an, machte einen langen Zug und sah, wie neben der weinenden Frau Rhein in der Eingangstür eine Gestalt auftauchte. Rosenzweig stieß den Rauch heftig durch die Nase aus.
„Ist das der kleine Ado?"
„Ich bin fast 16", kam trotzig die Antwort.
„Na, dann darfst du ja fast schon rauchen."
Er warf Ado im Umdrehen die angebrochene Zigarettenpackung zu und stieg in den Jeep, der sofort losfuhr. Rosenzweig sah nicht, dass Ado die Zigarettenpackung nicht aufgefangen hatte. Sie landete auf dem Boden vor ihm – und er trat mit einem Fuß darauf. Hildegard Rhein klammerte sich an ihren Sohn und stammelte:
„Wir müssen aus unserer Wohnung raus! Aus der Wohnung müssen wir raus! Wir müssen ins Erdgeschoss. Aber da wohnen doch die Meyers."
Ado erinnerte sich daran, wie seine Eltern mit ihm vor Jahren aus der Hausmeisterwohnung nach oben zogen, nachdem das Ehepaar Rosenzweig die Wohnung verlassen hatte. „Ausgezogen", sagten damals seine Eltern. Dabei hatten die Rosenzweigs eine komplett möblierte Wohnung hinterlassen, mit Bildern an den Wänden, Wäsche und Kleidung in den Schränken. In ihre alte Wohnung im Erdgeschoss zog die Familie Meyer ein; Hans Meyer fiel an der Ostfront, so dass unten nur seine Frau und die drei Kinder blieben.
Herbert Rhein fühlte sich als Villenbesitzer, und Ado genoss es, ein eigenes Zimmer zu haben. Vor ihm hatte Dr. Rosenzweigs Sohn es bewohnt. Doch Richard Rosenzweig

war mit seiner Zwillingsschwester Rebecca schon lange vor dem Auszug seiner Eltern zu Verwandten nach Amerika gereist und aus New York damals nicht zurückgekehrt.

Ado hatte immer das Gefühl, dass sich seine Mutter nicht so richtig heimisch in der Beletage fühlte zwischen den Möbeln der Familie Rosenzweig. Sogar ein Klavier hatte es gegeben, aber das verkaufte der Vater. Wenn schon Musiklärm, dann Trommeln. Als seine Frau damals fragte, was man denn dann mache, wenn die Rosenzweigs zurückkehren würden, versicherte ihr Mann, dass diese Juden nimmer zurückkehren würden. Von dort im Osten kehrten die nicht mehr zurück. Dort seien sie auch besser aufgehoben. Im Übrigen sei aller jüdischer Besitz dem deutschen Volk gestohlen.

„Bevor wir da oben einziehen", sagte damals der Vater, so glaubte Ado sich zu erinnern, „bevor wir da oben einziehen, muss die Wohnung natürlich desinfiziert werden."

Jetzt war alles anders. Richard Rosenzweig kehrte als US-Offizier und als Sieger zurück und nahm das elterliche Haus in Besitz. Und die Familie Rhein musste noch dankbar sein, dass sie wieder im Erdgeschoss wohnen durfte.

„Gott sei Dank ist Vater nicht hier gewesen", meinte Ados Mutter. „Der hätte sich sicher gewehrt und dreingeschlagen und damit noch größeres Unheil heraufbeschworen."

Ado schwieg, bezweifelte das. Warum sollte jemand, der seine Uniform im Garten vergrub, Widerstand leisten? Er schämte sich für seinen Vater, der von heute auf morgen alles verleugnete, wozu er sich bisher lauthals bekannt hatte. Von einem Fenster im Erdgeschoss hatte Erika Meyer das Geschehen vor der Haustür beobachtet. Noch bevor angeklopft wurde, öffnete sie die Wohnungstür. Hildegard klärte ihre Freundin auf. Da fing das Jammern an. Die Wohnung sei doch viel zu klein für zwei Familien. Am Ende entschie-

den die beiden Frauen einvernehmlich, dass die Meyers in das größere Wohnzimmer ziehen würden, Rheins in das Schlafzimmer. Die große Küche würde eben auch als allgemeiner Aufenthaltsraum dienen müssen. Auf die Frage nach Herbert flüsterte Hildegard, dass er sich vorläufig versteckt halte. Wer wisse schon, was die Amis mit alten SA-Kämpfern machen würden.
Die Meyers halfen den Rheins dabei, von oben nach unten zu ziehen, wobei die beiden kleineren Mädchen, die Drei- und die Fünfjährige, mehr im Weg standen als eine wirkliche Hilfe zu sein. Doch die Siebenjährige packte schon richtig mit an. An Möbeln war praktisch nur Ados Bett nach unten zu tragen. Fast alle anderen Möbel blieben oben stehen, denn man wolle ja nichts stehlen, sagte Hildegard.
„Wir sind ehrliche Leute. Das müsste der Richard Rosenzweig eigentlich wissen. Er und seine Zwillingsschwester waren etwa so alt wie Ado jetzt, als sie damals nach Amerika fuhren und dann dort blieben. Und jetzt ist er Ami-Offizier! Nicht zu glauben."
Ob das nun gut war oder nicht für die Familie, konnte man im Augenblick nicht wissen. Man müsse abwarten. Erika half Hildegard, das obere Stockwerk gründlich zu putzen. Der Herr Offizier werde sich überzeugen können, dass die Familie Rhein während der Abwesenheit der Rosenzweigs alles ordentlich verwaltet habe. Nur das Klavier, das war leider abhanden gekommen.
Am späten Nachmittag saßen die Frauen am Küchentisch und tranken Kaffee. Herbert Rhein hatte in den letzten Kriegstagen noch rechtzeitig aus deutschen Armeebeständen Lebensmittel organisiert, die in der ganzen Hausmeisterwohnung versteckt wurden. Flüsternd teilten sich die beiden Frauen gegenseitig ihre Sorgen über die Neger in Uniform mit. Nachts dürfe man als Frau auf keinen Fall raus.

Womit habe man das verdient?

4.

Nach dem Umzug verdrückte sich Ado und erkundete die Stadt. Am Rathaus hing die amerikanische Fahne, davor stand drohend ein US-Panzer. Jeeps fuhren ab und kamen an. Aus einem führten zwei Soldaten Dr. Siegfried Rotleber, den Leiter des Horst-Wessel-Gymnasiums, ins Rathaus. Der Junge war sich sicher, dass der Rex nicht mehr das Parteiabzeichen auf dem Revers seiner Jacke trug. Als Ado einmal im Gymnasium Rotleber als Vertretung für einen erkrankten Lehrer erlebte und davon seinem Vater erzählte, winkte dieser ungnädig ab. Der Herr Oberstudiendirektor sei ein billiger Mitläufer, der 1933 schnell in die Partei eingetreten sei, um Schulleiter bleiben zu dürfen. „Dein Vater ist schon zehn Jahre früher Mitglied geworden, und ich trage mit Stolz das Goldene Parteiabzeichen."
„Sie haben meinen Vater verhaftet", sagte eine japsende Stimme neben Ado. Da stand der Sohn des Schulleiters, und schnaufte heftig durch. Er war dem Jeep mit seinem Vater darin nachgerannt. Ado und Hagen waren Klassenkameraden, allerdings Kameraden nur dem Namen nach. Der Lehrersohn war zwar auch in der HJ-Gruppe, der Ado als Fähnleinführer vorstand, aber richtig warm waren die beiden nie miteinander geworden. Ado mochte die streberische Art seines Schulkameraden nicht. Der war der Primus der Klasse, nur in Mathematik hatte Ado die Nase vorn.
„Die nehmen alle NS-Leute fest", meinte Hagen, nachdem er wieder zu Atem gekommen war. „Dabei war mein Vater doch nur pro forma in der Partei. Er wollte doch nur dafür

sorgen, dass das Gymnasium ordentlich weitergeführt wird. Und ich war auch nur in der Hitlerjugend, weil man ja keine Wahl hatte."

Ado hielt einen Kommentar dazu unter seiner Würde und wandte sich verächtlich ab. Doch Hagen hielt ihn an der Trainingsjacke fest.

„Was ist mit deinem Vater? Der wurde doch vermutlich gleich verhaftet. Der ist doch ein SA-Mann und alter Kämpfer."

„Nein, den haben sie noch nicht. Wusstest du nicht – die Amis verhaften erst einmal nur die Leute, die so taten, als wären sie überzeugte Nationalsozialisten. Pass du nur auf!" Sprach's und ließ Hagen stehen. Ado kämpfte mit den Tränen. War es denn möglich, dachte er, dass alle, alle ihre Ideale im Handumdrehen verrieten.

Als er über den Marktplatz ging, wo ein paar US-Soldaten um einen Panzer und einen Jeep lungerten und Kaugummi kauten, stockte ihm fast der Atem. Den Mann vor ihm kannte er persönlich nicht, aber er hatte einmal ein Foto von ihm gesehen. Sein Vater hatte oft genug über ihn geredet. Das musste Dr. Franz Seiters sein, der frühere Mathematiklehrer am Gymnasium. Abgemagert und mit ausgemergeltem Gesicht kam er daher; der rechte Ärmel seiner Jacke war hochgesteckt.

Ado erinnerte sich noch gut, wie vor vielen Jahren sein Vater angetrunken vor Frau und Sohn prahlte, dass die SA es dieser roten Sau richtig gegeben habe. Habe der Sozi sich doch wirklich geweigert, den rechten Arm zu heben und „Heil Hitler" zu sagen. „Der kommunistische Herr Studienrat ist sich für den Deutschen Gruß zu fein gewesen. Jetzt hat er einen triftigen Grund, den rechten Arm nicht mehr hochzukriegen. Der feine Herr Doktor hat jetzt viel Zeit im KZ, um das mit dem linken Arm zu lernen." Und Herbert

Rhein gab damit an, dass er mit seinen Kameraden dem Lehrer den rechten Arm abgerissen hätte.
Damals fuhr Ado durch den Kopf: Wenn das der Führer wüsste! Natürlich musste man konsequent gegen Staatsfeinde vorgehen, aber doch anständig, ritterlich und nicht mit so abstoßender Gewalt. Oder bildete er sich heute nur ein, dass er das gedacht hatte? Im Stillen hatte er sich damals entschieden, nicht wie sein Vater zu werden und zur SA zu gehen. Dann schon lieber zur SS. Die war irgendwie ordentlicher, schneidiger, ritterlicher, dachte er.
Das alles fuhr ihm durch den Kopf, als er vor Dr. Seiters stand und diesem den Weg versperrte. Ado bekam einen roten Kopf, entschuldigte sich und trat zur Seite.
Seiters war auf dem Weg zum Rathaus, wohin ihn die amerikanische Militärverwaltung gebeten hatte. Wenige Tage zuvor hatten US-Soldaten die Insassen des nahe gelegenen KZs befreit. Unter den Überlebenden war Seiters.
Im Rathaus wurde er zu Captain Rosenzweig geführt. Beide waren sichtlich bewegt, sich zehn Jahre später unter diesen Umständen wiederzusehen. Seiters war damals von der Schule verwiesen worden; wenig später ging das Zwillingspaar von der Schule ab, wo sie als Juden von vielen Lehrern und Mitschülern schikaniert und geschnitten wurden.
„Sie haben einen Arm verloren, Dr. Seiters?"
„Verloren? Kann man so sagen. Genauer ist: Die SA hat dafür gesorgt, dass er amputiert werden musste. Ein Arzt mit Parteiabzeichen auf dem weißen Kittel machte es damals freudig."
„Die SA?"
„Ja, an vorderster Front Ortsgruppenleiter Herbert Rhein."
„Der ehemaliger Hausmeister in unserer Villa. Er scheint den Krieg überlebt zu haben, ist aber verschwunden. Wir suchen nach ihm. Aber vergessen wir für einen Augenblick

diesen widerlichen Kerl. Ich bin glücklich, dass sie diese schlimmen Jahre überlebt haben. Sie sind einer der wenigen Menschen in der Stadt, die unbelastet sind. Wir brauchen solche Leute, wir brauchen Sie. Das deutsche Volk muss entnazifiziert und zur Demokratie erzogen werden. Wir brauchen einen unbelasteten Bürgermeister."

„Ich? Bürgermeister? Nein, danke. Das ist wirklich nichts für mich. Ich bin...ich war Lehrer, Mathematiklehrer."

„Auch die Leitung des Gymnasiums, dessen Betrieb vorläufig ruht, muss ersetzt werden. Dr. Rotleber ist verhaftet. Ein alter Nazi. Aber wem sage ich das."

„Ein schleimiger Katzenbuckler und Mitläufer. Sie können beruhigt sein: Der ist inzwischen schon überzeugter Demokrat."

„Ihr Sarkasmus gefällt mir, Dr. Seiters. Vorhin habe ich den Oberstudiendirektor kurz vernommen. Natürlich ist er nur in die Partei eingetreten, um Schlimmeres zu verhindern. Jetzt sitzt er erst einmal. Wenn er wieder draußen ist, kann er vielleicht als Hilfsarbeiter demokratische Tugenden zeigen. Nein, das Gymnasium, wenn es irgendwann wieder den Schulbetrieb aufnimmt, muss unbelastete Lehrer haben, ganz zu schweigen vom Leiter."

„Und wo wollen Sie die herkriegen, Herr Rosenzweig?"

„Ich will Sie als Schulleiter einsetzen."

Seiters wehrte sich. Er wolle gerne wieder Mathematik und wenn nötig auch Physik unterrichten, aber die Schule leiten, dazu sei er nicht der richtige Mann. Rosenzweig redete lange auf ihn ein, und am Ende willigte Seiters zu, die Stelle zu übernehmen - aber nur kommissarisch, bis ein geeigneter Schulleiter gefunden sei.

5.

Der Führer war nicht heldenhaft im Kampf gegen die Russen gefallen, sondern hatte Selbstmord verübt. Ado musste schlucken und blieb stumm, als ihm seine Mutter das erzählte. War das Siegerpropaganda? Der Krieg war inzwischen zu Ende, die Kapitulation unterzeichnet. Warum sollten noch groß Lügen verbreitet werden? Er lag diese Nacht lange schlaflos im Bett, das er mit seiner Mutter teilte. Sich selber den Tod zu geben, war immerhin ehrenhafter als sich zu verkriechen. Das Entscheidende aber war: Der Führer war tot. Der Hitlerjunge weinte Tränen ins Kopfkissen, bis er irgendwann dann doch einschlief und von seinem geliebten Wolf träumte, den der Vater mitgenommen hatte.
Die Enge in der Hausmeisterwohnung war für Ado schmerzhaft. In der Beletage hatte er sein eigenes großes Zimmer genossen, hatte sich dorthin zurückziehen können, etwa wenn sein so oft betrunkener Vater um sich schlug. Der war zwar untergetaucht und setzte ihm nicht zu, aber mit den drei Meyer-Mädchen ging es in der Wohnung zu wie in einem Taubenschlag. Angenommen, die Schule würde wieder beginnen, wie hätte er da je die Ruhe, Hausaufgaben zu machen? Selbst wenn er sich in das Schlafzimmer zurückzöge, fehlte es dort an Platz für den kleinsten Tisch.
Aber von Schule war derzeit nicht die Rede. In den letzten Kriegsmonaten hatte es nur noch unregelmäßig Unterricht gegeben. Die meisten der Lehrer standen damals an der Front, viele der Schüler an der Flak, zuletzt dann im Volkssturm. Die Mehrzahl der Schüler waren Schülerinnen. Aber was war schon mit Mädchen anzufangen? Ado träumte von der Schule. Das hatte er sich so nie vorgestellt.
Statt Schule gab es Arbeitsdienst, den die Militärverwaltung für Jugendliche und Erwachsene anordnete. Zwar war

die kleine Stadt von Kriegsschäden verschont geblieben, von einem Haus abgesehen, das von einer Fliegerbombe getroffen wurde, die offenbar von dem Angriff auf das nahe liegende München übriggeblieben war. Aber bis auf kleine Kinder und Großeltern wurde die Bevölkerung zur Arbeit eingeteilt, zum Beispiel bei Bauern in der Umgebung. Ado hasste es, Kartoffelkäfer einzusammeln, dann schon lieber richtige Männerarbeit. Aber er konnte sich nicht um den Einsatz drücken
Flüchtlinge und Vertriebene strömten in die Stadt und mussten einquartiert werden. Sie hatten alles verloren und nichts zu essen. Da ging es den Familien Rhein und Meyer noch relativ gut. In die von der Militärverwaltung beschlagnahmten und von Rosenzweig in Besitz genommenen Villa mussten keine Flüchtlinge aufgenommen werden. Und die beiden Familien konnten noch von den gehorteten Lebensmitteln zehren, aber sie bekamen auch von Rosenzweig gelegentlich Nahrungsmittel. Damit bezahlte er sozusagen die Arbeit der Frauen. Hildegard und Erika hielten das Haus in Ordnung, putzten die Offizierswohnung, wuschen und bügelten die Wäsche.
Ado wurde zur Gartenpflege eingesetzt. Was er dazu benutzte, in einem günstigen Augenblick das vergrabene Hitlerbuch zu bergen. Heimlich brachte er es in sein Versteck auf dem Speicher, nicht ohne vorher das Foto des Führers zu betrachten und sich an sein Versprechen beim Eintritt in die Hitlerjugend zu erinnern, „allzeit seine Pflicht zu tun in Liebe und Treue zum Führer und unserer Fahne". Wieder traten ihm Tränen in die Augen; er fühlte sich in dem düsteren Speicher als der einsamste Mensch auf der Welt. Der

Führer war tot, und Ado schien der einzige unter den ihm bekannten Menschen, der seinem Kummer freien Lauf ließ.

6.

Rosenzweig war damals tatsächlich am nächsten Tag in die Villa eingezogen. Am Fenster hatte Ado Wache gestanden und die Ankunft des Jeeps der Mutter mitgeteilt. Rosenzweig trat ins Haus, während der Fahrer sich schon mit dem Gepäck zu schaffen machte, und klopfte an die Tür der Hausmeisterwohnung. Die beiden Frauen öffneten und standen stramm, neben ihnen Ado und die drei Mädchen. Hildegard Rhein überreichte die Haus- und Wohnungsschlüssel. Die zwei Familien waren nach der Schlüsselübergabe zum Küchenfenster gestürzt, beobachteten Rosenzweig und den Soldaten beim Ausladen des Gepäcks und schauten zur Decke, als über ihnen Schritte zu hören waren, allerdings leise; sie konnten sie fast nur ahnen. Die Beletage war von der Besatzungsmacht bezogen. Kurz darauf trat der Soldat aus dem Haus, setzte sich auf die Kühlerhaube und steckte sich eine Zigarette an, rauchte diese, dann eine zweite und dritte.
Es klopfte erneut an die Tür. Hildergard Rhein öffnete und bat Rosenzweig einzutreten, doch er blieb in der Türöffnung stehen.
„Ich habe festgestellt, dass sie alles sauber gemacht haben."
„Aber natürlich."
„Ja, natürlich", meinte er und schaute in die Runde. „Ihr Mann ist gefallen, Frau Meyer, und Ihr Mann ist nicht auffindbar, Frau Rhein. Ich nehme nicht an, dass Sie mir sa-

gen können oder wollen, wo er steckt. Egal. Wir werden ihn schon noch finden. Wenn es Fragen gibt, fragen Sie mich. Meine Soldaten sprechen nur Englisch. Oder spricht hier jemand Englisch?" Sein Blick fiel auf Ado.
„Only a little."
„Well, improve your English!"
Rosenzweig nickte in die Runde und ging. Erneut stürzten die Familien ans Fenster und sahen, wie die beiden Männer in den Jeep stiegen und abfuhren.
An den folgenden Tagen beobachtete Ado verwirrt den neuen Hausbewohner. Sein Bild von Juden war von der NS-Propaganda und den martialischen Sprüchen seines Vaters geprägt. Sein Schulweg hatte Ado an einem Schaukasten der Zeitung „Der Stürmer" mit seinen Karikaturen von Juden vorbeigeführt. Der Schaukasten war leer, das Glas zerbrochen; nicht so die Erinnerung des Jungen. Und nun dieser blonde, blauäugige US-Offizier. Ganz dunkel glaubte sich Ado zu erinnern, dass ihn Richard Rosenzweig als Jugendlicher auf die Schulter genommen hatte, dass die Geschwister manchmal mit ihm gespielt hatten, bis sein Vater ihm den Umgang mit diesen Juden verbot.
Ein paar Wochen später stieg eine Frau in Offiziersuniform vor dem Haus aus einem Jeep. Erst am Abend erfuhr Ado von seiner Mutter, dass jetzt auch die Zwillingsschwester oben eingezogen sei. Ein paar Tage später begegnete er Rebecca Rosenzweig im Hausflur. Ado stammelte einen Gruß und wollte sich davon machen, doch sie trat ihm in den Weg und musterte ihn.
„Du musst Ado sein. Als ich dich zum letzten Mal sah, bist du noch in den Kindergarten gegangen. Ich hätte dich nicht wieder erkannt."
„Ich Sie auch nicht."
„Das glaube ich dir, Ado. Auch an mir sind die Jahre nicht

spurlos vorüber gegangen."
Rebecca Rosenzweig zögerte kurz, dann gab sie dem Jungen die Hand.
„Ich muss los. Wir sehen uns sicher noch."
Ado sah, wie sie in den wartenden Jeep stieg. Sie sprach wie ihr Bruder mit leichtem amerikanischem Akzent. Ob die Geschwister Englisch oder Deutsch miteinander sprachen, fragte er sich. Die beiden sahen sich nur wenig ähnlich, dabei waren es doch Zwillinge. Die Hand hatte ihm die Offizierin gegeben.
Richard Rosenzweig fühlte sich in diesen Tagen verpflichtet, seine Schwester zu ermahnen, zurückhaltender gegenüber den Feinden zu sein. „Du weißt doch, dass uns persönlicher Kontakt zu den Deutschen verboten ist. Du kennst doch den Tagesbefehl: ‚Im Herzen, im Körper und Geist ist jeder Deutsche Hitler....Schließe keine Freundschaft mit Hitler, fraternisiere nicht...Wenn du freundlich mit ihnen umgehst, werden sie dich für weich halten.'"
Rebecca sah ihren Bruder an.
„Wir haben die amerikanische Staatsbürgerschaft – aber wir sind doch Deutsche."
„Sind wir das?"

Ado kannte den US-Tagesbefehl nicht, aber der Unterschied zwischen dem Verhalten Rebecca Rosenzweigs und den anderen US-Soldaten fiel ihm auf. Den Befehl hätte der Junge für sich nachvollziehen können. Ansonsten gab es ja anscheinend nur noch NS-Regimegegner unter seinen deutschen Volksgenossen. Der einzige Regimegegner, den er als solchen namentlich kannte, war Dr. Seiters. Vor dem stand er im Frühsommer mit einer Reihe von Jungen und Mädchen. Sie waren in das Gymnasium beordert worden. In einem Teil des Gebäudes wohnten Flüchtlingsfamilien, im anderen Teil wurde offenbar dahin gearbeitet, nach dem Sommer den Schulbetrieb wieder aufzunehmen. Die zwei Dutzend Mädchen und Jungen hatten sich in Reihe vor dem einarmigen Mann aufgereiht, der sich als kommissarischer Leiter des Gymnasiums vorstellte. Jede und jeder der Angetretenen musste sich mit seinem Namen vorstellen. Als Ado seinen Namen nannte, blickte ihn Seiters etwas länger an, sagte aber nichts.

Die jungen Leute mussten helfen, das Schulmaterial sowie Büromaterial der Schule durchzuschauen und Hakenkreuze auf und in Schulbüchern und auf Briefbögen zu schwärzen. Auch wurden Hakenkreuze aus Schulstempeln entfernt. An den Wänden im Schulhaus und in Klassenzimmern waren weiße Flecken. Dort hatten einst Hitlerbilder gehangen. Sie waren wie die Hakenkreuzfahnen inzwischen vernichtet worden.

Am Ende des Arbeitseinsatzes dankte Seiters den Helfern und sagte, wenn alles gut gehe, werde man im Herbst wieder mit dem Schulbetrieb anfangen. Dann würden viele von ihnen ihn wieder sehen. Er unterrichte nämlich Mathematik. Als die Mädchen und Jungs gehen durften, hielt er Ado zurück.

„Ich habe in den Akten gesehen, dass du hier zur Schule gegangen bist. Du kommst, wenn die Schule wirklich weiter geht, in die Oberstufe. Da werde ich auf jeden Fall Mathematik unterrichten. Auf Wiedersehen", sagte er und streckte ihm die Hand hin.

Ado war zusammengezuckt, als ihn Dr. Seiters ansprach. Jetzt wusste er nicht, was er antworten sollte. Ungeschickt stand er da. Mit welcher seiner Hände wäre es schicklich, die ihm gereichte linke Hand zu drücken? Er schaute verwirrt auf den Lehrer, verbeugte sich dann verlegen und ging. Zu Hause schlich er sich auf den Speicher, öffnete sein Versteck, blätterte geistesabwesend in „Mein Kampf" und nahm dann das Bild des Bannerträgers in die Hände. Er blickte darauf, fühlte sich ungeheuer elend und einsam.

7.

Im September nahmen das Gymnasium und die Volksschule tatsächlich ihren Betrieb wieder auf, wenn auch vorläufig in eingeschränkter Form. Im Gymnasium, das auf Beschluss der neuen Schulleitung und der amerikanischen Militärverwaltung wie vor der Nazizeit wieder den Namen Goethe-Gymnasium trug, waren viele Räume weiter mit Flüchtlingen belegt. Im anderen Teil aber gab es Schichtunterricht: Am Vormittag bis zum frühen Nachmittag wurde die Unter- und Mittelstufe unterrichtet, danach die Oberstufe.
In der Obersekunda befanden sich unter den Schülerinnen und Schülern auch Ado und Hagen. Letzterer moserte, eigentlich sei ja sein Vater Rex des Gymnasiums, aber sicher hätten die Roten ihn bei den Amis angeschwärzt. Innerlich seien alle in ihrer Familie immer gegen das NS-Regime gewesen. Aber man habe eben Kompromisse machen müssen, wenn man nicht zum Märtyrer werden wollte. Dass aber jetzt ein alter Kommunist wie der Seiters die Schule leite.... Als seien Kommunisten Demokraten.
Der Schulleiter trat in den Klassenraum. Alle Schülerinnen und Schüler sprangen auf, standen stramm, einem entfuhr ein „Heil", doch wurde es von dem Chor der anderen mit „Grüß Gott, Herr Dr. Seiters" übertönt. Und so begann für Ado und die anderen nach einer längeren Pause wieder der Mathematikunterricht.

Auch wenn Seiters offenbar keine Sippenhaft kannte, konnte sich Ado nicht vorstellen, dass dieser bei seinem Anblick vergessen könnte, was SA-Ortsgruppenführer Rhein ihm angetan hatte. Doch machte sein Lehrer keinen Unterschied zwischen den Schülern, was Ado als eine ritterliche Einstellung wahrnahm. Ein achtenswerter Gegner, dieser Mann, dachte der Junge, und er versuchte sich in seinem Lieblingsfach Mathematik keinerlei Blöße zu geben. Er vertiefte sich in den Stoff; er war bezaubert von geometrischen Aufgaben und fasziniert von Algebra-Problemen.
In einer Unterrichtsstunde erwähnte Seiters nebenbei, Galileo Galilei solle angeblich erklärt haben, dass sich Parallelen im Unendlichen träfen.
„Unsinn!"
Das Wort, obwohl nur gemurmelt, zitterte im eisig stillen Schulraum nach. Lehrer und Schüler starrten auf Ado, der mit rotem Kopf aufstand.
„Entschuldigen Sie bitte, Herr Dr. Seiters. Das ist mir so herausgefahren."
Die ganze Klasse wartete auf ein Donnerwetter, das auf den Schüler niedergehen würde, doch ihr Matheleher blieb still, kräuselte nur leicht die Lippen.
„Und wie kommst du zu diesem Urteil, Ado?"
Der Schüler wurde noch röter im Gesicht, sammelte sich aber und sagte anfangs stotternd, aber dann überzeugt:
„Parallelen heißen zwei Geraden auf einer Ebene, die sich nicht schneiden. Die Definition und die logische Anschauung bedeuten ein Nicht-Einander-Treffen, sonst wären es ja keine Parallelen. Ich kann ja auch nicht von einem runden Dreieck sprechen. Das wäre..."
„Unsinn", beendete Seiters den Satz. Er sah wie Hagen Rotleber die Hand hob und gab ihm das Wort.
„Also ich kann mir das Zusammentreffen im Unendlichen

durchaus vorstellen, Herr Dr. Seiters. Man denke nur daran, dass ein Schienenpaar am Horizont in einem Punkt zusammentrifft."
Der Lehrer kräuselte jetzt stärker die Lippen, schaute sich in der Klasse um, ob es eine Reaktion gäbe und nickte dann Ado zu, der noch immer stand und die Hand hoch streckte.
„Deshalb kippt jeder Zug spätestens am Horizont aus den Schienen. Bei dem von Hagen genannten Beispiel handelt es sich doch nur um eine optischen Irrtum." Ado zögerte einen Augenblick, doch Seiters schaute ihn ermunternd an, so dass er fortfuhr: „Ich würde aber gerne wissen, wo auf dem Weg zur Unendlichkeit dann der Zug aus den Gleisen springt. Oder wird der Zug dann auch unendlich klein?"
„Gute Frage, Ado. Der Begriff 'unendlich' ist wahrlich eine fragwürdige Sache. Im Grunde wissen wir über die 'Unendlichkeit' gar nichts. Aber man kann damit gute rechnerische Arbeit leisten."
„Aber…Entschuldigung…"
„Ja, Ado."
„Aber statt zu sagen, die Parallelen treffen sich im Unendlichen, könnte man dann genauso gut behaupten, sie treffen sich…sie treffen sich im rechten Auge Gottes."
In der Klasse wurde gekichert; der Lehrer ließ es durchgehen.
„Oder im linken Auge. Wie ich schon sagte, Ado, der Begriff 'Unendlichkeit' ist eine der Frage würdige Sache. Es geht da übrigens um den Gegensatz von euklidischer und projektiver Geometrie."
Hätte in diesem Augenblick nicht die Schulglocke geläutet, hätte möglicherweise der alte Mathematiker mit dem jungen weiter philosophiert. Seiters nannte noch kurz die Hausaufgabe und schickte die Klasse in die große Pause. Als Ado als letzter am Pult vorbeigehen wollte, winkte der

Lehrer ihn heran.
„Das nächste Mal meldest du dich, wenn du etwas zu sagen hast! Verstanden?" Nach einer kleinen Pause fügte er hinzu: „Ansonsten - weiter so!"

Seit jener Schulstunde wartete Ado nach Ende des Unterrichts in der Nähe des Schulgebäudes, ob der Mathematiklehrer nach Hause ginge. Das war nur sehr selten der Fall, da er nach dem Unterricht noch als kommissarischer Schulleiter Verwaltungsaufgaben nachging. Doch eines Tages sah in Ado mit einem Berg Akten unter dem Arm heraustreten. Ado trat auf ihn zu und fragte, ob er ihm beim Tragen helfen dürfe. Er durfte. Der Weg zur Wohnung seines Lehrers war für Ado ein Umweg, doch es war ja nur eine kleine Stadt. Die zwei Mathematiker fachsimpelten. Und wenn es sich in der Folge ergab, begleitete der Junge den Lehrer, auch wenn es nichts zu tragen gab. Irgendwann gab Seiters dem Jungen Bertolt Brechts „Leben des Galilei" zu lesen. Als Ado ihm nach der Lektüre des Theaterstücks von der Stelle erzählte, in der Galileo Galilei sich beschwerte, dass er jedem zahlenden Wasserkopf eintrichtern müsse, dass die Parallelen sich im Unendlichen schneiden, lachte der Mathematikprofessor.
„Ein Schriftsteller muss ja nicht unbedingt etwas von Mathematik verstehen."
„Selbst ein kommunistischer nicht", ergänzte Ado.
Eines Tages fragte Seiters, ob Ados Vater von ihren Spaziergängen wisse.
„Nein. Ich habe ihn seit Kriegsende nicht mehr gesehen. Er hat sich irgendwo auf dem Lande versteckt. Die Amis suchen ihn. Es könnte sein, dass er mich prügeln würde, wenn er wüsste, dass ich mit Ihnen...dass ich Sie manchmal auf dem Heimweg begleite. Oder nein, es wäre viel schlimmer.

Er würde mich vermutlich loben und sagen: Man muss mit der Zeit gehen. Oder: Wir sind ja jetzt alle Demokraten. Ich glaube manchmal, dass ich der einzige Hitlerjunge in der Stadt war.....dass ich der einzige Hitlerjunge in der Stadt bin."
Ado schaute unsicher seinem Lehrer ins Gesicht. Der schloss die Haustür auf und reichte dem Jungen die Hand. „Guten Abend, Ado. Bis zum nächsten Mal."

8.

Herbert Rhein war bis dahin wirklich nicht wieder aufgetaucht. Nur einige Male hatte seine Frau von ihm gehört. Leute steckten ihr Zettel zu. Die erste Nachricht ihres Mannes besagte, dass es ihm den Umständen entsprechend gut geht. Sie solle sich vor den amerikanischen Soldaten in Acht nehmen, die hätten es nämlich auf blonde deutsche Frauen abgesehen. Er habe erfahren, dass die Rosenzweigs sie aus ihrer Wohnung vertrieben hätten, hoffe aber, dass die Amis sonst korrekt wären.
In einer Nacht schreckte Ado aus dem Schlaf. Er wurde gerüttelt, während ihm eine Hand derb den Mund zuhielt. Im Schein einer Kerze sah er seinen Vater, der sich über ihn beugte und ihm zuflüsterte:
„Keinen Mucks! Hilfst du auch Deiner Mutter? Behandelt dich der Sozilehrer korrekt?"
Ohne eine Antwort abzuwarten gab ihm der Vater einen deftigen Klaps auf die Wange und schickte ihn in die Küche. Dort solle er warten. Als Ado die Tür hinter sich geschlossen hatte, machte sich Herbert Rhein über seine Frau

her. Er war weiter Herr im Haus, auch wenn er derzeit aushäusig sein musste.

In der Küche saß Ado derweil fröstelnd neben dem erloschenen Herd, der in der Herbstnacht kaum noch Wärme ausstrahlte. Sein Vater wurde weiter gesucht. Er hatte ein Foto von ihm und anderen flüchtigen NS-Leuten in dem inzwischen reparierten Schaukasten gesehen; dort hingen Verordnungen und Bekanntmachungen der Militärverwaltung.

Das war allerdings schon einige Monate her, denn inzwischen gab es einen Tagesanzeiger, dessen Herausgeber eine Zeitungs-Lizenz von der Militärverwaltung erhalten hatte. Überhaupt hatte sich das Verhältnis zwischen US-Militär und deutscher Bevölkerung gelockert. Das Fraternisationsverbot war aufgeweicht, in Tanzlokalen kamen sich G.I.s und deutsche Frauen näher. Auch gab es einen blühenden Schwarzmarkt, auf dem US-Soldaten für Lebensmittel und Zigaretten Erbstücke als Souvenirs eintauschten. „Lucky Strike"-Zigaretten waren zu einer Art Ersatzwährung geworden, da die Reichsmark nur noch wenig wert war. Ados Mutter warf ihrem Sohn gelegentlich vor, dass er damals die Zigarettenpackung Rosenzweigs zertreten hatte. Aber sie wolle ihm keinen Vorwurf machen, denn dass sich alles so entwickeln würde, habe man ja nicht wissen können.

Insgesamt ging es den zwei Familien in der Hausmeisterwohnung besser als Millionen anderen Menschen in weiten Teilen Europas. Die beiden Frauen waren praktisch Hausangestellte der Rosenzweigs und erhielten Lebensmittel, so dass niemand hungern musste, wenn es auch karg zuging. Jetzt, als die kalte Jahreszeit anbrach, wurde die Villa sogar mit Kohle beheizt, ein großer Luxus. Die beiden Offiziere duldeten kommentarlos, dass die Frauen aus dem von der Militärverwaltung gelieferten Holz- und Kohlevorrat ein

wenig abzweigten, so dass zumindest die Küche temperiert war.
Während Richard Rosenzweig sich weiter distanziert zu den Familienangehörigen im Erdgeschoss verhielt, sprach seine Schwester viel mit den Frauen. Hildegard erzählte ihrem Sohn, dass Rebecca Rosenzweig eine studierte Psychologin sei und „Feldforschung" betreibe. Wobei sie nicht verstehe, wie sie das in der Stadt machen könne, wo es hier doch gar keine Felder gebe, wenn man mal davon absehe, dass praktisch jede Grünfläche zum Anbau von Feldfrüchten benutzt würde, damit die Leute etwas zum Essen hätten. Wie dem auch sei, die Rosenzweig wolle alles über ihr Leben seit 1933 wissen. Und sie schreibe alles auf, was Erika und sie ihr erzählten.
Ado verhielt sich weiter distanziert zu den beiden Rosenzweigs, obgleich Rebecca immer wieder mit ihm ins Gespräch zu kommen versuchte. Dabei sprach sie ihn nicht leutselig als Jugendlichen an, sondern wie einen Erwachsenen. Viel unkomplizierter war es natürlich mit den drei Meyer-Mädchen, nicht zuletzt wegen der Schokolade und den Kaugummis, die ihnen die Offizierin zusteckte. Als ob sie ahnte, dass Ado da erst recht abgeblockt hätte, versuchte sie es erst gar nicht bei ihm mit kleinen Geschenken. Ado fühlte sich unbestechlich. Immer wieder schlich er sich auf den Speicher, öffnete sein Versteck, betrachtet traurig das Hitler-Ritterbild und versuchte, ein wenig in „Mein Kampf" zu lesen. Doch irgendwie war nicht mehr die Begeisterung da, mit der er seinem Vater vorgelesen hatte. Als er eines Tages von seinem Ausflug unters Dach die Treppe herunterkam, öffnete Rebecca Rosenzweig gerade die Wohnungstür. Der Junge errötete und stotterte, seine Mutter habe ihn nach oben geschickt, damit er nachsehe, ob die im Speicher aufgehängte Wäsche schon trocken sei.

„Und ist sie trocken?"
„Noch nicht ganz. Guten Abend, Fräulein Rosenzweig."
„Dann pass schön auf, dass sie weiter trocknet!" meinte sie grinsend. „Guten Abend, Ado."
Das alles ging dem Jungen wirr durch den Kopf, während er in der Küche fror. Endlich tauchte sein Vater auf, schnallte sich den Gürtel zu und schlüpfte in seinen Mantel. Er riss Ado mit beiden Händen nahe an sich und flüsterte:
„Pass auf deine Mutter auf! Du bist jetzt hier der Mann, verstanden? Und trau den Amis nicht über den Weg. Wer weiß, vielleicht bin ich bald wieder hier. Ich bin dabei, mir ein paar Persilscheine zu organisieren."
Dann verpasste der Vater dem Sohn einen herben Schlag auf den Rücken und verschwand. Ado kehrte ins Zimmer zurück und kroch ins Bett, in dem seine Mutter schluchzte.

9.

Wenige Wochen später sagte Richard Rosenzweig, als er Hildegard Rhein beim Schrubben der Stufen im Treppenhaus antraf, dass ihr Mann inhaftiert sei und sie ihm Kleidung und Wäsche ins Gefängnis bringen könne.
„Sie haben ihn gefunden, Herr Rosenzweig?"
„Nein, Ihr Mann hat sich gestellt."
Sie schaute den Offizier ungläubig an, als er an ihr vorbei die Treppe hinunterging.
„Ihr Mann hat einige Papiere präsentiert, die beweisen sollen, dass er eigentlich gar nicht so schlimm war. Guten Tag, Frau Rhein."
Am Nachmittag gingen Mutter und Sohn mit einem gepackten Koffer zum Gefängnis. Ado musste aber draußen

warten, nur sie wurde hineingelassen. Nach einer halben Stunde kam sie müde heraus, sie setzte sich trotz des kühlen Wetters mit Ado auf eine Bank und klärte ihn auf.
„Vater hat sich selbst gestellt. Das macht immer einen guten Eindruck, sagt Vater. Er hat den Amis erzählt, dass er erst jetzt auf dem entlegenen Bauernhof erfahren hat, dass die amerikanische Militärverwaltung nach ihm sucht. Sonst hätte er sich natürlich schon längst gemeldet. Über alte Seilschaften habe er sich ein paar Persilscheine besorgt, dass er in der SA dafür gesorgt habe, dass nicht noch Schlimmeres passiert sei.
„Nichts Schlimmeres als dass Dr. Seiters der Arm abgerissen wurde?"
„Junge, was sagst du da? Wenn Vater nicht gewesen wäre, hätten sie den Sozi totgeschlagen!"
„Sagt Vater."
Ados Mutter stand zornig auf und ging wortlos. Er folgte. Auf dem Heimweg erzählte Hildegard Rhein nach einer Weile weiter, dass Vater mit einer baldigen Entlassung rechne, wenn er im Entnazifizierungsprozess nicht als „belastet" eingestuft werde, sondern nur als Mitläufer. „Allerdings ist das für einen ehemaligen SA-Ortsgruppenleiter nicht leicht. Doch wird gemunkelt, dass die Militärverwaltung die Entnazifizierung vielleicht bald in deutsche Hände übergibt..."
„Und die sind alle rein."
Da sprach die Mutter kein Wort mehr auf dem Heimweg. In der Küche erzählte sie beim gemeinsamen Abendessen ihrer Freundin Erika von den Neuigkeiten. Am Ende hatte Ado dann doch noch eine Frage, nämlich was mit ihrem Hund passiert sei. Er erfuhr, dass Vater den beim Bauern gelassen hatte, weil er da ab und zu etwas zum Fressen bekam. Hier in der Stadt würden ja nicht mal die Menschen satt.

Zwei Tage später lag Wolf winselnd vor der Tür, abgemagert und blutend. Trotz der Proteste beider Hausfrauen setzte Ado durch, dass sich der Schäferhund auf einem Stofffetzen in eine Küchenecke legen durfte. Als alle zu Bett gegangen waren, setzte er sich mit einer Decke um den Schultern neben Wolf und streichelte ihn immer wieder. Er erinnerte sich daran, wie sein Vater den Hund eines Tages von einem SA-Einsatz mit nach Hause gebracht und erklärt hatte, Wolf würde jetzt als Wachhund bei ihnen bleiben – und als Schutz gegen die jüdische Weltverschwörung.
„Wolf spürt jeden Juden auf", sagte er damals zu Ado. „Merkst du, wie erregt der Hund ist und herumschnüffelt. Der wittert die zwei alten Juden über uns, sag ich dir. Aber die werden nicht mehr lange da sein, und Wolf wird seine Ruhe haben."
So oder ähnlich sagte es damals der SA-Mann. Jetzt verendete Wolf, und Ado hielt Totenwache. In der nächsten Nacht vergrub er den Tierkörper in jener Gartenecke, wo schon andere Reste des Dritten Reichs vermoderten und verrosteten.

10.

Weihnachten war eine trübe Zeit in der Villa. Die Rosenzweigs waren in der zweiten Dezemberhälfte nicht vor Ort, das Haus blieb unbeheizt. In der Küche scharten sich die zwei Familien um den Herd. Am Heiligen Abend gab es nach dem Kirchgang, Ado war nur nach dringlichen Bitten der Mutter mitgegangen, bei ein paar Tannenzweigen und Kerzen auf dem Tisch gebrannte Griessuppe. Ein karges Essen. Aber da die Rosenzweigs weg waren, fiel in diesen Tagen

nichts an Lebensmitteln ab für das Erdgeschoss.
Ado opferte sich und spielte mit den Mädchen Mensch-ärgere-dich-nicht, während die beiden Mütter sich bei einer Tasse Pfefferminztee flüsternd über die Zukunftsaussichten austauschten. Erika erzählte, was Hildegard schon ahnte, dass einer der Jeep-Fahrer der beiden Offiziere mit ihr angebandelt hatte. Dieser Jack sei wirklich sehr nett, habe inzwischen ein paar Brocken Deutsch gelernt und sie ein einige Wörter Englisch. „Er hat versprochen, morgen ein paar Büchsen Corned Beef und Kaffee vorbeizubringen. Ich muss drei Mädchen durchbringen..."
Hildegard unterbrach sie und sagte, sie müsse sich doch vor ihr nicht rechtfertigen. Im Übrigen sei Erika seit drei Jahren Witwe. Sie selbst habe zwar einen Mann, doch der sitze im Gefängnis. Vielleicht würde es im neuen Jahr ja eine Amnestie geben. Einige frühere Parteigenossen, wie etwa der ehemalige Leiter des Gymnasiums, seien sogar schon zu Weihnachten auf freien Fuß gesetzt worden.
„Ja, aber das ist ein Akademiker", sagte Erika. „Der hat akademische Freunde, und die haben sich unter dem Führer nicht so die Hände schmutzig gemacht wie mancher..."
SA-Mann, wollte sie sagen, beendete den Satz aber nicht. Doch Hildegard ergänzte:
„Wie etwa Herbert. Hätte er doch immer nur mich und den armen Ado geschlagen. Wir waren und sind es ja gewohnt. Aber so respektable Leute wie Dr. Seiters."
„Aber das war ein Roter."
„Das hilft im Nachhinein auch nichts."
„Wer weiß? Jack hat mir versucht zu erklären, dass sich das Verhältnis der Alliierten gegenüber den Russen verschlechtert. So habe ich sein Deutsch-Gestammel jedenfalls verstanden. Da drüben in der Sowjetzone müssen jetzt alle Kommunisten werden, nichts von Demokratisierung."

„Demokratisierung oder nicht. Wir brauchen Brot, um nicht zu verhungern, und Kohle, um nicht zu erfrieren."
Mit diesen Worten wurde die Weihnachtstafel aufgehoben. Erika kuschelte mit ihren drei Mädchen im ehemaligen Wohnzimmer, Hildegard kroch mit ihrem Sohn ins Bett im Schlafzimmer. Da seine Mutter aber noch nicht müde genug zum Schlafen war, forderte sie Ado auf, ihr Englisch beizubringen. Vielleicht würden die Amis ja niemals mehr weggehen. So sprach er vor und sie nach:
„Good morning, Mr. Rosenzweig.Good evening, Miss Rosenzweig."

1946

1.

Captain Rosenzweig hatte Dr. Seiters zu einem Neujahrsmittagsessen eingeladen. „Wenn Sie gestatten, verbinden wir das Angenehme mit dem Notwendigen", hatte er in dem Brief geschrieben. Das Angenehme war, wie Seiters feststellte, ein opulentes Mahl. Was da alles aufgetischt wurde! Allein das riesige Steak war ihm etwas Unfassbares. Seiters stand vor und nach dem Essen etwas verloren zwischen den vielen Vertretern der US Army, denen er von Rosenzweig vorgestellt wurde. Er konnte praktisch kein Englisch, gehörte er doch zu der Generation, die vor allem Latein und Altgriechisch auf dem Gymnasium gelernt hatte. Später setzte sich das Geschwisterpaar mit ihm in einer Ecke zusammen, um mit dem Lehrer das Notwendige zu besprechen. Dabei ging es um die Entnazifizierung und demokratische Erziehung der Deutschen.
„Alle Nazi waren keine Nazi, alle Deutsche innerlich überzeugte Demokraten", spottete Rosenzweig. „Je akademischer der Nazi ist, um so mehr Gutachten hat er, die beweisen, dass das so ist - und ihn rein waschen. Ach, wir hätten sofort nach der Besetzung zehntausende Nazifunktionäre, Offiziere und natürlich die KZ-Schergen aufhängen sollen."
„So etwa hat das Stalin auch vorgeschlagen."
„Was willst du, Rebecca? Der Zweck heiligt die Mittel."
„Aber, Richard, wenn der Zweck heilig ist, dann müssen auch die Mittel heilig sein. Davon abgesehen: Du willst doch nicht etwa sagen, dass der Krieg gegen Nazi-Deutschland heilig war? Er war notwendig, um dieses höllische System von Menschenverachtung, Rassismus, Ausbeutung, Mord und Gier zu stoppen."

„Du hast Recht, dieser Krieg war notwendig, um die Welt zu befrieden. Was meinen Sie, Dr. Seiters?"
Der Lehrer hatte still zugehört.
„Ich bin den Alliierten dankbar, dass sie Nazideutschland niedergerungen haben. Aber das ist erst der Ausgangspunkt für Frieden. Doch fragen Sie mich nicht, wie dieser Friede hier in Europa aussehen soll."
„Entnazifizierung und Erziehung zur Demokratie", trompetete Richard Rosenzweig.
„Und wie kann man Menschen auf undemokratische Weise, auf dem Ordnungsweg zu Demokraten erziehen? Das ist doch ein Widerspruch in sich", sagte Rebecca Rosenzweig. „Was meinen Sie, Dr. Seiters?"
Der Lehrer räusperte sich und fühlte sich sichtlich unwohl in der Rolle eines Ratgebers. Er selbst war mit seiner Schulweisheit zu Ende. Auch er hatte festgestellt, dass er offenbar im Dritten Reich in der kleinen Stadt der einzige Radikale gewesen war. Einige Einwohner hatten ihr Bedauern über sein Schicksal ausgesprochen, zugleich aber ihr Unverständnis durchblicken lassen, dass er die Staatsautorität so habe provozieren müssen. Jetzt wurden die Volksgenossen in den Westzonen Demokraten, was sie im Herzen natürlich immer gewesen waren, und in der sowjetischen Zone Kommunisten, was sie dort im Herzen natürlich auch immer gewesen waren.
„Und wie sieht es in der Schule aus?"
„Oh, an die Tür des Rektorats pocht, bildlich gesprochen, schon mein Vorgänger, der alte Schulleiter Rotleder. Parteimitglied seit 1933. Aber was heißt das schon. Das war ja alles nicht so gemeint. Und, um die Wahrheit zu sagen, er ist sicher der bessere Verwaltungsfachmann als ich, von daher besser als Schulleiter geeignet als der alte Mathematiklehrer, der ich bin. Schließlich waren die Nationalso-

zialisten schon immer entschiedene Antikommunisten, was offenbar von Tag zu Tag mehr zählt im Westen. Die Jugend, verseucht durch die NS-Ideologie, passt sich äußerlich den neuen Verhältnissen wie ihre Eltern und Großeltern an. Einzelne mögen sich läutern, wenn sie die braune Brühe ausgeschwitzt haben. Wir haben auch einfach nicht genug unbelastete Leute. Im Augenblick gibt es am Gymnasium nicht einmal einen Englischlehrer."
Richard Rosenzweig horchte auf und schaute seine Schwester an.
„Das wäre doch etwas für dich, Rebecca. Da könntest du deine Nazi-Feldforschungen unter den Schülern in der Schule vervollständigen."
„Wäre zu überlegen. Aber ohne entsprechende Staatsexamina kann doch niemand an einem deutschen Gymnasium unterrichten."
Seiters lächelte und meinte, dass sie damit wohl Recht habe, doch wer könne gegen einen von der amerikanischen Militärverwaltung erlassenen pädagogischen Einsatz klagen. Manch einer im Kollegium würde wohl insgeheim murren, aber Fräulein Rosenzweig würde sicher von allen mit offenen Armen aufgenommen werden. Einen ihrer künftigen Schüler kenne sie schon: Ado Rhein.
„Apropos Rhein", sagte Richard Rosenzweig, „unser alter Freund Herbert Rhein sollte eigentlich aus der Haft entlassen werden. Doch vor zwei Tagen rastete der Mann völlig aus, weil er sich von einem Soldaten im Gefängnis schikaniert fühlte. Er boxte zwei Wachsoldaten nieder, verletzte sie und noch ein paar andere, bis er endlich überwältigt werden konnte. Er wird noch viele Monate im Gefängnis sitzen."
„Ja, der SA-Mann Herbert Rhein", sagte Seiters und verzog das Gesicht. „Der rühmte sich immer, einmal Sparringpart-

ner von Adolf Dirr gewesen zu sein."
„Adolf...wer?"
„Adolf Dirr. Ein ehemaliger SA-Mann und langjähriger Münchener Boxleichtgewichtsmeister. Ging dann zur SS und wurde einer der Leibwächter Hitlers."
„Ich konnte unseren ehemaligen Hausmeister, Handwerker und Gärtner schon als Kind nicht leiden", meinte Rebecca Rosenzweig. „Ich würde es schlecht ertragen, wenn dieser Mensch sich im Stock unter uns wieder einquartierte. Und wer weiß, vielleicht ist es auch besser so für den Jungen."

2.

Am späten Nachmittag waren die Rosenzweigs wieder unter sich. Rebecca packte ihre Geige aus und ihr Bruder seine Viola. Sie stimmten ihre Instrumente und begannen ein Mozart-Duo. Doch schon im ersten Satz brach Rebecca ab, begann zu weinen und setzte sich auf das Sofa im Wohnzimmer. Richard legte die Viola ab, nahm ihr sacht Geige und Bogen aus den Händen, legte beides auf eine Kommode, setzte sich zu seiner Schwester und umarmte sie. Vor zehn und mehr Jahren hatte die Familie Rosenzweig Quartette gespielt.
„Ich kann es einfach nicht - hier in den alten Räumen mit all den Erinnerungen", sagte Rebecca, und auch dem Captain wurden die Augen feucht.
„Richard, was haben wir hier zu suchen? Nichts als ein paar Möbel sind von damals noch hier, doch jedes Stück erinnert an unsere Jugendzeit und die Eltern. Das Klavier hat dieser Unmensch von Rhein verscherbelt. Das habe ich von seiner Frau erfahren, die sich tausend Mal dafür entschul-

digt hat. Das Klavier ist weg, und das bisschen Rauch über Auschwitz ist auch schon längst verweht. Richard, was haben wir hier noch zu suchen?"
Ihr Bruder schwieg. Rebecca erwartete auch keine Antwort. Als US-Bürger hatten sie gegen Nazi-Deutschland gekämpft, gegen die Mörder ihrer Eltern. Jetzt waren sie in ihre alte Heimatstadt zurückgekehrt und hatten das Elternhaus zurückerobert. Aber nichts war, wie es einst gewesen war. Jede Erinnerung an frohe Kindheitstage schlug in Grauen um.
„Liebe Rebecca, der Krieg ist vorbei. Du weißt, dass du jederzeit Abschied aus der Armee nehmen kannst. Im Gegensatz zu dir bin ich Berufsoffizier. Ich mache hier meinen Job, bis ich abkommandiert werde."
„Und ich kann nicht ohne dich allein nach New York zurück und will es auch nicht." Sie trocknete sich die Wangen und sagte mit erzwungener guter Laune:
„Mein Lehrereinsatz wird sicher spannend und eine gute Ergänzung zu meinen Feldforschungen zu Nazi-Deutschland. Vielleicht wird dann, zurück in den USA, doch eine richtige Doktorarbeit daraus. Aber trotzdem: Was suchen wir hier? Das ist nicht mehr unsere Heimat. Doch was machen wir dann mit der Villa, wenn wir Deutschland den Rücken kehren? Unvorstellbar, dass sich hier wieder einer wie dieser Rhein breit macht!"
„Wie wäre es zum Abschluss unseres Deutschlandeinsatzes mit einer militärischen Übung? Ich lasse nach unserem Auszug das Haus von meinen Soldaten in die Luft sprengen."

3.

Die Schule begann wieder nach dem Dreikönigstag, auch wenn das Schulgebäude kaum beheizt war. So fror man in den Klassenzimmern, aber auch im Lehrerzimmer. Dort saß vor Unterrichtsbeginn das Lehrerkollegium und starrte ungläubig auf die US-Offizierin, die da am Kopfende neben dem Schulleiter Platz genommen hatte. Seiters stellte den Kolleginnen und Kollegen die neue Englischlehrerin vor. Vielleicht sei es auch eine Amerikanischlehrerin, scherzte er. Und dann klärte er das Kollegium auf.
„Fräulein Rosenzweig wurde in unserer Stadt geboren und ging hier mit ihrem Bruder auf unser Gymnasium. Weil die beiden an dieser Schule im Dritten Reich als Juden nicht mehr erwünscht waren, emigrierten sie nach Amerika. Jetzt ist Fräulein Rosenzweig, wie an ihrer Uniform zu sehen, mit dem US-Militär als Offizierin zurückgekehrt. Sie hat sich bereit erklärt, auf zunächst unbestimmte Zeit Englisch zu unterrichten und unseren Schülern die Demokratie näherzubringen. Im Übrigen ist das ein von der amerikanischen Militärverwaltung angeordneter pädagogischer Einsatz. Als kommissarischer Schulleiter bin ich glücklich darüber, dass Fräulein Rosenzweig das Kollegium verstärkt, und bitte darum, die neue Kollegin zu unterstützen, wo immer es möglich und nötig ist. Gibt es dazu Fragen?"
Das ganze Kollegium schwieg begeistert.
Zu Unterrichtsbeginn führte der Schulleiter die neue Kollegin in ein Klassenzimmer. Ado fiel vor Überraschung fast vom Stuhl, als hinter dem Schulleiter die Frau in Uniform auftauchte. Dr. Seiters stellte die neue Englischlehrerin der stramm dastehenden Klasse kurz vor und überließ ihr dann die Schülerinnen und Schüler. Nachdem die Offizierin lässig auf dem Lehrertisch Platz genommen hatte, forderte sie

die Klasse zum Hinsitzen auf.
„Call me Miss Rosenzweig!"
Sie wendete sich an die Schülerin in der linken vorderen Bank.
„What is your name?"
So ging sie alle Bänke durch. Zuletzt kam hinten Ado an die Reihe, doch der reagierte zunächst nicht. Er war ganz gefesselt von einer Eigenart der Englischlehrerin, wie sie ihre rechte Hand auf das Pult drückte. Ihre Finger bogen sich nämlich, völlig unfassbar und nicht nachzumachen, im rechten Winkel nach außen.
„What is your name?", wiederholte Miss Rosenzweig.
Ado, der von seinem Nachbarschüler mit dem Ellbogen angestoßen wurde, schreckte auf.
„My name is Ado, Ado Parzival Rhein."
In der vorderen Bankreihe ganz rechts war die flüsternde Stimme eines Schülers zu hören: „Ado? Wohl eher Adolf. Wie diese Sau aus Braunau."
Miss Rosenzweig schaute streng in die Ecke, winkte dem vorlauten Schüler zu aufzustehen und musterte ihn.
„What was your name?"
„Hagen Rotleber. Mein Vater..."
„Und du, Hagen Rotleber, warst wie wohl alle Jungs hier in der Hitlerjugend?"
„Wir hatten doch keine Wahl..."
„Und wie hast du Herrn Hitler bezeichnet?"
„Nun, der Führer..."
„Hagen Rotleber, wie hast du ihn genannt?"
„Eh...die Sau aus Braunau. Sie müssen wissen...
„Ich verstehe: Du bist also als Hitlerjunge begeistert einem Schwein gefolgt."

Als Rebecca Rosenstein später Seiters den Ausspruch des

Schülers erzählte und seinen Namen nannte, seufzte der Rektor:
„Der Apfel fällt nicht weit vom Stamm. Hagen Rotleber, das ist der Sohn des von der Militärverwaltung abgesetzten Leiters des Gymnasiums. Der, ich meine der Vater sprach neulich bei mir vor. Praktisch überfiel er mich zu Hause und flehte mich an, ob ich nicht dafür sorgen könnte, dass er wieder unterrichten könne. Er friste derzeit als Hilfsarbeiter sein Leben, was für einen Akademiker, wie ich sicher verstehen würde, eine Schande sei. Er habe doch damals mit seinem Parteieintritt 1933 nur das Schlimmste für die Schule verhindern wollen, bedauere es sehr, dass ich damals entlassen werden musste, aber die Reichsgesetze und so weiter. Und irgendwann sprach er von Hitler als 'König der Neandertaler'."
„Ein Sigmund Freud hätte seine Freude an Vater und Sohn", meinte die Psychologin Rosenzweig und ergänzte, als Seiters sie fragend anschaute:
„So viel Analysematerial auf einem Dreckhaufen."
Seiters seufzte erneut und sagte, was Rotleber angehe, stünden dessen Chancen ja inzwischen ganz gut. Offenbar wolle die Militärverwaltung die Entnazifizierung in deutsche Hände übergeben. Da werde einer dem anderen die jeweilige Unbedenklichkeit attestieren und bezeugen, dass sie innerlich alle Regimegegner waren.

4.

Im Frühjahr durften die Mieter im Erdgeschoss der Villa einen Teil des großen Gartens zum Anbau von Nutzpflanzen benutzen. Hülsenfrüchte und Kartoffeln vor allem sollten wachsen und beitragen, die beiden Familien zu ernähren. Vor allem Ado wurde in seiner freien Zeit als Nachwuchsbauer eingesetzt. Er hatte sich, als der Winter vorüber war, mit einigen verstaubten Möbeln unter dem Dach in einer Ecke des Speichers eine Studierstube eingerichtet, denn in der bevölkerten Wohnung ganz unten war an Ruhe für das Erledigen der Hausaufgaben nicht zu denken. Die Villenbesitzer duldeten stillschweigend, dass sich der Junge oben aufhielt.

Ado brillierte im Mathematikunterricht, während seine sonstigen Leistungen mittelmäßig waren. Meist fehlte das Interesse. Im Englischunterricht schien er gehemmt, hatte Probleme mit der Aussprache. Dabei ging es bei einem guten Teil des Unterrichts gar nicht um Englisch, sondern um Zeitgeschichte und Gemeinschaftskunde. Nicht zuletzt sprach Miss Rosenzweig über die fabrikmäßige Ermordung von Millionen Juden in Europa durch die Deutschen. Aber die hätten ja von nichts gewusst. Ihre Schüler hätten nichts gewusst, deren Eltern hätten nichts gewusst. „Wirklich ein Rätsel. Wer hat nur davon gewusst? Wer hat nur weg- geschaut, wer nur geduldet und wer Hand angelegt?"

Wie häufig tat sich Hagen Rotleber bei dem wieder einmal sehr stockend verlaufenden Unterrichtsgespräch hervor.

„Es macht uns alle traurig, was Hitler den Juden angetan hat", setzte er an.

„Schwachsinn!"

Das Wort wurde nur halblaut gemurmelt, doch ging es wie ein Ruck durch die Klasse.

Alle schreckten auf. Die Schülerinnen und Schüler drehten sich nach hinten um. Dort saß Ado. Er lief rot an im Gesicht und stemmte sich langsam hoch.

„Entschuldigen Sie bitte, Miss Rosenzweig. Das ist mir so herausgefahren."

„Das nächste Mal meldest du dich, wenn du etwas zu sagen hast! Setz dich! Okay, was sagen die anderen dazu? Warum, meint ihr, kommt Ado zu diesem Urteil?"
Alle blickten sich fragend an, so dass es doch wieder Hagen war, der sich zu Wort meldete und auch aufgerufen wurde.
„Sie müssen wissen, Miss Rosenzweig, Ados Vater war ein richtiger Nazi, ein alter SA-Kämpfer, und Ado war..."
„Schwafle nicht herum, Hagen! Warum hat er deine Aussage als Schwachsinn bezeichnet? Was meint ihr anderen? Niemand hat dazu etwas zu sagen? Wirklich niemand? Dann muss wohl ich anfangen: Ado hat sein Urteil nicht sehr höflich formuliert - aber er hat natürlich Recht."
Die Klasse sah ihre Lehrerin mit offenem Mund an. Nur Ado saß hinten mit gesenktem Kopf.
„Und warum hat Ado Recht? Keine Antwort? Von niemandem? Na, dann überlegt einmal, um was oder um wen trauert man! Nun? Ja, Maria?"
„Ich trauere um meine Katze. Die wurde vor zwei Tagen überfahren – von einem Jeep."
„Tja, diese Ami-Autos. Weiter!"
Jetzt meldeten sich mehrere Schüler. Der eine trauerte um seine verstorbene Großmutter, der andere um seinen in Russland gefallenen Vater, eine Schülerin um ihr totgeborenes Schwesterchen.
„Gut so. Also nochmals: Um wen oder was trauern wir? Ja, Ulrike."
„Wir trauern um etwas, das uns am Herzen gelegen war. Um etwas, das wir geliebt haben."
Die Schulglocke läutete zum Unterrichtsende. Miss Rosenzweig gab als Hausaufgabe auf, darüber nachzudenken, um wen also die Deutschen eigentlich trauern müssten, wenn sie ehrlich mit sich wären und wenn sie es dürften. Dann winkte die Lehrerin Ado zu sich nach vorn.

„Ich glaube, wir müssen einmal unter vier Augen mit einander reden, Ado. Bist du heute nach der Schule unter dem Dach? Du brauchst nicht rot zu werden. Das ist schon o.k. Also dann bis gegen sechs Uhr."

6.

Ado saß schwitzend unter dem Dach, obwohl es der Jahreszeit entsprechend noch gar nicht heiß war. Er sprang auf, ging den Speicher auf und ab, öffnete schließlich sein Versteck, nahm „Mein Kampf" heraus, setzte sich in eine Ecke der löchrigen Couch und legte das Buch neben sich. Er atmete tief ein und aus und wartete. Endlich hörte er Schritte auf der Treppe. Rebecca Rosenzweig trat in den Speicher, er stand auf, sie kam zu ihm, setzte sich in die andere Ecke des Sofas und sagte, er solle sich doch wieder setzen, man sei hier nicht in der Schule. Dann fiel ihr Blick auf das Buch. Sie nahm es in die Hand, las den Titel, schwieg, legte das Buch wieder zurück und schaute den Jungen an.
„Das war unsere Familienbibel. Mein Vater hat sie vergraben, als die Amis in die Stadt kamen."
„Und du hast sie wieder ausgegraben?"
„Ja, ich habe sie wieder ausgegraben."
„Das Buch deines geliebten Führers."
„Ja, das Buch meines geliebten Führers."
Lehrerin und Schüler schwiegen.
„Dein Führer ist jetzt ein Jahr tot. Eine angemessene Trauerzeit."
„Sie meinen, ich sollte das Buch wieder vergraben?"
„Ado, das muss du entscheiden. Vielleicht sollte es auch

nicht vergraben werden. Du weißt: Aus den Augen, aus dem Sinn."
„Miss Rosenzweig, ich bin nicht so einer."
„Ich weiß, Ado. Eine bemerkenswerte Ausnahme. Das beeindruckt mich an Dir, auch wenn Du ein lausiger Englischschüler bist."
Da saßen sie und wussten nicht richtig weiter, was die Lehrerin des Schülers beunruhigte. Sie atmete tief durch und stand auf. Ado schnellte hoch und drückte verlegen die Hand, die sie im reichte.
Er stand da, setzte sich wieder, dann legte er sich fröstelnd auf die Couch, so dass sein Kopf dort lag, wo sie gesessen hatte. Er fühlte noch etwas von ihrer Körperwärme, und er spürte das Buch unter seinem Rücken. Das zog er heraus, ließ es auf den Boden fallen, griff nach einer Decke auf der Couchlehne, breite sie über sich aus und schlief erschöpft ein.

7.

In den Sommerferien hatten Schülerinnen und Schüler bei der Ernte auf den Bauernhöfen im Hinterland zu helfen. Die Stadt musste immer mehr Flüchtlinge und Vertriebene aufnehmen. In der Villa blieben die beiden Familien im Erdgeschoss privilegiert, auch wenn es an Vielem fehlte. Erika schneiderte aus alten Kleidungsstücken Röcke und Blusen für ihre Mädchen, Hildegard Hemden und eine Hose für ihren Jungen. Es war nicht daran zu denken, sich frisch einzukleiden. Woher nehmen, wenn nicht stehlen?
Da seit dem März in der amerikanischen Zone ein Gesetz zur Befreiung von Nationalsozialismus und Militarismus in

Kraft getreten war, das den Deutschen die Entnazifizierung übertrug, wurde eifrig Reine gemacht. Einer der ersten, dessen Persilschein seine Wirkung tat, war Rotleber. Zwar verhinderte Captain Rosenzweig, dass Rotleber den kommissarischen Leiter des Gymnasiums ablöste. Aber da die Schule noch immer unter Lehrermangel litt und Rotleber ja jetzt entlastet war, durfte er wieder unterrichten. So kam es, dass sich im Lehrerzimmer an den Tisch mit Miss Rosenzweig und den anderen Lehrern und Lehrerinnen Dr. Rotleber setzte - kühl vorgestellt von dem Schulleiter.
Schon auf dem Schulhof hatte Hagen seine Klassenkameraden und -kameradinnen davon informiert, dass sein Vater rehabilitiert sei, wieder unterrichte und vielleicht auch ja bald wieder die Schulleitung übernehme. Denn ein ehemaliger Kommunist an der Spitze...man sehe ja, wohin das in der sowjetischen Besatzungszone führe. Überhaupt habe man, wobei er damit wohl seinen Vater und sich meinte, schon immer gegen die rote Gefahr gekämpft. Das würden inzwischen auch die Amis begreifen.
Dann stand wirklich Dr. Rotleber im Klassenzimmer.
„Kinder, ihr wisst ja gar nicht, wie stolz ich bin, endlich wieder in politischer und philologischer Freiheit deutsche Literatur lehren zu können. Das ist schon immer mein innigstes Anliegen als Germanist gewesen. Endlich kann ich wieder in der deutschen Schule den wahren humanistischen Kern der großen deutschen Dichter und Denker herausarbeiten zum Wohl der deutschen Jugend und des deutschen Volkes. So wollte und will es die Vorsehung."
So war es kein Wunder, dass der Deutschlehrer nicht mehr wie vor Kriegsende etwa den eklatanten Widerspruch zwischen germanischem Geist und jüdischem Schacherdenken an Hand von Gustav Freytags Gesellschaftsroman „Soll und Haben" herausarbeitete und auf das eindeutige Ziel des

NS-Deutschunterrichts, den deutschen Menschen, der sein Volkstum wesenhaft verkörpert, hinarbeitete. Vielmehr kündigte er als erste Lektüre Lessings „Nathan der Weise" an.

„Dieses große deutsche Werk habe ich nicht nur gewählt, weil es große deutsche humanistisch-aufklärerische Literatur ist, sondern auch als eine Art geistige Verbeugung vor der Englischlehrerin der Klasse. Fräulein Rosenzweige hat, wie ihr ja alle wisst, in der Vergangenheit im Ausland gelebt. Jetzt ist sie aber in ihre deutsche Heimat zurückgekehrt, zwar in ausländischer Uniform, was begreiflicherweise manchen Deutschen irritieren kann, aber als Botschafterin des Friedens und der Völkerverständigung, und..."

Ado hatte schon längst den Kopf auf die Arme gestützt und hielt sich unauffällig die Ohren zu. Rotleber erklärte dann, dass es bedauernswerter Weise keinen Klassensatz des dramatischen Gedichts von Lessing in der Schulbücherei mehr gibt.

„An eine rasche Wiederanschaffung ist im Augenblick leider nicht zu denken. Gott sei Dank, hab ich einen alten jüdischen Freund." Bei diesen Worten schaute der Lehrer jeden Einzelnen in der Klasse bedeutsam an. „Von diesem Freund, der in der Schweiz lebt, habe ich ein Exemplar erhalten." Dabei hob er das Buch hoch. „Ich werde euch in den kommenden Wochen die wichtigsten Stellen vorlesen und wichtige Passagen diktieren. Ich hoffe, dass jeder von euch sich Schreibpapier beschaffen kann. Wer dabei Probleme hat, wende sich vertrauensvoll an mich."

Dann las Rotleber die ersten Verse von Lessings dramatischen Gedicht vor – und sprach den Rest der Schulstunde über das verwendete Versmaß, die Bedeutung und Geschichte des Blankverses in der deutschen Literatur.

8.

Am selben Tag noch stöberte Ado unter dem Dach. Er glaubte sich zu erinnern, den Deckel des Buchs, das der Deutschlehrer in den Händen gehalten hatte, schon einmal gesehen zu haben. Da gab es in einer Ecke des Speichers einen von Gerümpel verdeckten alten Koffer mit Büchern, den er beim Einrichten seiner Studierstube entdeckt hatte. Tatsächlich fand er in dem Koffer unter einem Dutzend Büchern den Band mit dem gleichen dunkelgrünen Buchdeckel: Gesammelte Werke von Gottfried Ephraim Lessing. Da es schon dämmerte und es unter dem Dach kein elektrisches Licht gab, ging Ado mit dem Buch nach unten. Auf der Treppe traf er mit Rebecca Rosenzweig zusammen, die gerade in ihre Wohnung treten wollte.

„Zu dunkel da oben zum Lesen, nicht wahr? Ein spannendes Buch?"

Ado erzählte von der Deutschstunde und dass er das Buch in einem alten Koffer da oben gefunden habe.

„Darf ich einmal sehen?"

Er reichte ihr das Buch. Sie öffnete es, ihre Hände begannen zu zittern, sie erbleichte und setzte sich taumelnd auf die Treppe.

„Ist was, Miss Rosenzweig?", fragte Ado besorgt und setzte sich neben die stumm dasitzende Frau. Fast hätte er ihr den Arm um die Schulter gelegt.

„Schau!", sagte sie mit brüchiger Stimme und zeigte ihm das Ex Libris auf dem Vorsatz des Buches. Da stand, kunstvoll gedruckt: Dr. jur. Theodor Rosenzweig.

„Das Buch stammt aus der Bibliothek meines Vaters."

„Das wusste ich nicht", entschuldigte sich Ado mit heiserer Stimme. „Ich hatte das Buch da oben noch gar nicht geöffnet."

„Sind in dem Koffer noch mehr Bücher?"
„Ja. Ich kann Ihnen den gern heruntertragen."
Ado eilte nach oben, während Rebecca Rosenzweig das Buch auf die Treppe legte, sich mit beiden Händen am Treppengeländer hochzog, zur Wohnungstür schwankte, die aufschloss und sich im Flur auf einen Stuhl setzte. Als Ado mit dem Koffer nach unten kam, ging er zu ihr, legte den Koffer neben sie und öffnete ihn. Dann schlich er hinaus und zog leise die Tür hinter sich zu.
Rebecca Rosenzweig sah auf die Bücher; ihr kamen die Tränen. Da klopfte es sacht an der Wohnungstür. Beim ersten Mal überhörte sie es, beim zweiten Mal nahm sie es wahr, öffnete die Tür und sah vor sich Ado. Er reichte ihr den Lessing-Band und sagte, den habe sie auf der Treppe vergessen. Sie sah auf das Buch, blickte auf Ado, zögerte, dann drückte sie es ihm in die Hand.
„Behalt das Buch! Sozusagen ein Geschenk meines Vaters. Lies es als einen Gruß an dich!", sagte sie und schloss die Tür.

9.

Der Herbst wurde kalt in Europa, der einbrechende Winter eisig, die Not der unter Hunger und Kälte leidenden Menschen immer schlimmer. Auch in Deutschland konnten in manchen Gegenden ab November keine Toten mehr bestattet werden, weil der Boden gefroren war.
Die beiden Familien in der Hausmeisterwohnung waren arm, aber sie waren nicht elend dran. Sie hatten gelegentlich Hunger, aber sie verhungerten nicht. Ihnen fröstelte oft in der halbwegs beheizten Küche, aber sie erfroren nicht.

Sie waren durch die Kontakte mit den Amerikanern weiter privilegiert. Für ihre Hausarbeit erhielten die beiden Frauen von Rebecca Rosenzweig weiter Nahrungsmittel und zuweilen Brennmaterial zugeteilt, nicht im Überfluss, aber genug, um die zwei Familien am Leben zu halten. Dazu kam noch, dass Erika und ihre Mädchen von ihrem G.I.-Hausfreund unterstützt wurden. Er ließ ihnen auch eines der ersten Care-Pakete zukommen, die seit Ende 1946 aus den USA in den notleidenden europäischen Ländern eintrafen.

Der Schulunterricht fiel immer wieder aus, weil es an Brennmaterial fehlte, um die die Klassenräume zu beheizen. Wurde Brennmaterial von der Militärverwaltung zugeteilt, profitierte das Goethe-Gymnasium oft davon, dass eine der Lehrerinnen eine US-Offizierin war. Kalt war es trotzdem in den Räumen. Schüler und Lehrer saßen so warm vermummt wie möglich auf ihren Stühlen, trugen vielfach selbstgestrickte Fäustlinge, froren aber trotzdem.

An einem Nachmittag vor den Weihnachtsferien verließen Rebecca Rosenzweig und Ado zufällig gleichzeitig das Schulgebäude. Er vermied das sonst immer, hatte er doch ein schlechtes Gewissen, weil er im Fach Englisch eine schlechte Figur machte. Vor sich selbst rechtfertigte er das damit, dass er eben ein Mathematiker sei und als solcher nicht auch noch für Fremdsprachen begabt sein müsse. Doch war es ihm unangenehm, dass die Englischlehrerin ihn nicht härter anfasste. Manchmal versuchte er ihre offensichtliche Nachsicht so zu erklären, dass er ihr einfach gleichgültig sei. Aber so richtig glaubte er nicht daran. Und das alles machte ihn seiner Lehrerin gegenüber noch unsicherer, als er sich als Kriegsverlierer schon fühlte. Ganz zu schweigen, dass sie Jüdin war und sein Vater...und er selbst...Aber daran wollte er erst gar nicht denken. Das Führerbild bewahrte er weiter in seinem Versteck auf, doch ruhte es dort nur noch.

„Hallo, Ado, viel kälter ist es hier draußen nicht. Ich werde heute ausnahmsweise nicht abgeholt. Daher haben wir vermutlich denselben Weg."

Der Junge brummte so etwas wie Zustimmung, ergab sich in sein Schicksal, ging um die Lehrerin herum, so dass sie auf der rechten Seite war und begleitete sie. Nachdem sie den halben Weg wortlos neben einander in der eisigen Kälte gegangen waren, brach sie das Schweigen.

„Was macht eigentlich Nathan der Weise?"

„Ein seltsames Theaterstück."

„Seltsam?"

„Nicht richtig logisch."

Rebecca Rosenzweig sah Ado fragend an.

„Ich meine diese Ringparabel. Zwei von den drei Ringen sind falsch. Die Wahrscheinlichkeit ist also eins zu zwei für jede Partei, dass sie im Falschen lebt. Wie kann mit einer solchen Ungewissheit gelebt werden? Ich meine dabei alle drei Parteien. Und dann: Ein Jude zählt sich doch zum auserwählten Volk. Aber nach Lessing müsste er damit leben, dass alles ein Irrtum sein kann."

Ado kam ins Stottern und warf einen verlegenen Blick auf die Lehrerin. Die dachte nach. Als sie ins Haus traten, drückte sie ihm die Hand zum Abschied.

„Du hast über das Stück mehr nachgedacht als ich bisher. Ich muss mir das durch den Kopf gehen lassen. Vielleicht sollten wir einen Rabbi fragen. Im Übrigen: Ich weiß nicht, ob ich auserwählt bin."

1947

1.

Es wurde ein Jahrhundertwinter und ein Hungerwinter, den in Europa Abertausende nicht überlebten. Zeitweise sank die Temperatur auf fast 20 Grad minus. Die jüngste Meyer-Tochter starb im Januar an einer Lungenentzündung. In der Stadt wurde nach dem Beispiel Münchens eine Wärmestube eingerichtet, in der sich vor allem gebrechliche und alte Menschen wenigstens für ein paar Stunden wohlig fühlen konnten. Bäume in Gärten und Parkanlagen wurden abgeholzt. In einer Nacht montierten Unbekannte einen Teil des um den Villengarten laufenden Bretterzauns ab. Da Richard Rosenzweig schlecht den Rest des Zauns von Soldaten bewachen lassen konnte, erlaubte er es den Familien im Erdgeschoss, die Reste des Bretterzauns abzubrechen und in ihrer Küche als Brennholz zu stapeln. Ado verrichtete mit den beiden Meyer-Mädchen die Arbeit. Das ließ sie die Kälte nicht so spüren. Die Küche wurde in den folgenden Tagen jeweils für ein paar Stunden warm.

Aber auch das politische Klima hatte sich zwischen den westlichen Alliierten, vor allen den Briten und den Amerikanern, gegenüber der Sowjetunion merklich abgekühlt. Der kalte Krieg begann, nachdem Churchill bereits ein Jahr zuvor von einem „Eisernen Vorhang" gesprochen hatte, der zwischen Ost- und Westeuropa verlaufe. Jetzt war für die amerikanische Politik neues Hauptziel in Europa und damit auch in Deutschland, den Kommunismus einzudämmen und sich einer sowjetischen Expansion entgegen zu stemmen. Die Entnazifizierung, die in deutsche Hände übergeben worden war, war nicht mehr so wichtig – und alte Nazis

krochen ans Tageslicht.
Nicht so Herbert Rhein, denn der saß im Gefängnis. Er hoffte, wie er seiner Frau bei einem Gefängnisbesuch erklärte, von der jetzt doch so positiven antikommunistischen Haltung der Amerikaner bald profitieren zu können. Auch führe er sich sehr gut, meinte er grinsend. In der Zelle war es zwar auch kalt, aber er machte auf seine Frau einen recht wohlgenährten Eindruck. Rhein hatte aus dem Gefängnis heraus in Zusammenarbeit mit alten NS-Seilschaften einen regen Schwarzhandel organisiert. Seiner Frau flüsterte er zu, dass es in der US Army auch Soldaten gebe, mit denen sich Geschäfte machen ließen. Und er gab mit englischen Sätzen an, von denen Hildegard aber nichts verstand. Doch zeigte sie sich beeindruckt. Wenn sie dringend etwas brauche, solle sie Bescheid geben, meinte ihr Mann.
Als Hildegard ihm von Erikas Ami-Hausfreund erzählte und berichtete, dass dieser Erika mit den Mädchen mit nach Amerika nehmen wolle, lachte ihr Mann nur auf und fragte, ob sie etwa daran glaube. Der wolle doch nur die Meyer bürsten, seinen Spaß haben. Dann packte er über dem Tisch seine Frau so hart an den Unterarmen, dass sie zusammenfuhr.
„Du, wenn du so fraternisierst, schlag ich dich tot, wenn ich hier raus komme. Eine Hure im Haus reicht. Wobei...wer weiß, was die andere da über euch treibt."

Der Jahrhundertwinter hielt an. In der kleinen Stadt wurde gehungert, gefroren und gestorben. Holzberechtigungsscheine waren karg bemessen, Strom und Gas gab es oft nur stundenweise. Viele hatten ihre letzten Schätze, die goldene Taschenuhr des Großvaters, das Meißner Porzellan und trotz der sibirischen Kälte auch den Pelzmantel auf dem Schwarzmarkt oder bei Bauern im Hinterland für

Lebensmittel eingetauscht. Doch Tausende hatten nichts zum Tauschen. Viele der Flüchtlinge und Vertriebenen hatten nur das, was sie am Leibe trugen und in einen Rucksack oder einen Koffer passte. Von ehrlicher Arbeit konnte kaum eine Familie ernährt werden. Lebensmittelkarten, karg gemessen genug, wurden gefälscht. Wo etwas gestohlen werden konnte, wurde gestohlen, um überleben zu können.

2.

Doch dann war endlich der Hungerwinter vorbei, wenn auch nicht der Hunger. Es wurde wirklich Frühling. Schüler und Lehrer saßen nicht mehr frierend in den Klassenzimmern, der Unterricht fiel nicht mehr aus. Ado begann wieder, sein Studierzimmer unter dem Dach zu nutzen.
An einem Sonntagvormittag prasselte ein vergleichsweise warmer Aprilschauer auf das Dachfenster, unter dem er saß und ein Buch studierte. Da trat Rebecca in den Speicher; sie hatte eine Bluse in der Hand und ihr sonst streng nach hinten gekämmtes und in einem Knoten endendes Haar fiel ihr auf die Schulter.
Ado stand auf und schaute verunsichert auf die Besucherin, die ihre Uniformjacke über ihrem BH nur halb zugeknöpft hatte.
„Good...good morning, Miss Rosenzweig", stotterte er.
„Good morning, Ado."
Sie knöpfte hastig ihre Jacke zu, lachte verlegen und hängte die Bluse auf eine der Wäscheleinen, die den Speicher durchzogen.
„Ich habe meine frisch gebügelte Bluse mit Kaffee bekleckert. Wie dumm von mir. Ich habe den Fleck ausgewa-

schen. Lass dich nicht stören!"
Sie überprüfte noch einmal übertrieben genau, dass die zwei Wäscheklammern die Bluse auch festhielten, räusperte sich und trat ein paar Schritte auf Ado zu.
„Etwa Hausaufgaben?"
„No, Miss Rosenzweig, this is a mathematical problem."
„Ah, der Mathematiker. Dr. Seiters hat mir schon von seinem Meisterschüler erzählt. Deine Englischlehrerin musste ihm dann erzählen, dass sein Musterschüler in ihrem Fach nicht gerade glänzt. Um ehrlich zu sein, Ado", fuhr Rebecca fort und trat dicht vor ihn, „du bist grottenschlecht in Englisch, zumindest was die Aussprache betrifft. Du willst nächstes Jahr das Abitur machen und kriegst noch immer nicht richtig das 'Ti-eitsch' hin. Und dann wiederholte sie die englischen Worte von vorhin, betonte das Th in „this" und „mathematical" übertrieben, drängte die Zungenspitze demonstrativ zwischen die Vorderzähne vor Ado wollte einen Schritt zurück treten, stieß aber gegen den hinter ihm stehenden Stuhl vor seinem Arbeitstisch.
„Also, Ado, wiederhol! This! That!Those!"
Das Gesicht seiner Lehrerin vor seinem sprach er widerwillig die Wörter nach, betonte das „Ti-eitsch", drängte die Zungenspitze zwischen den Vorderzähnen vor - und vor schnellten seine Arme und stießen Rebecca weg.
Sie zögerte keinen Wimpernschlag lang und verpasste ihm eine Ohrfeige. Ado erstarrte. Dann senkte er stumm den Kopf. So sah er nicht, dass Rebecca errötete, ihn hilflos anblickte, sich umdrehte und die paar Schritte zur Tür machte. Gegen die stieß sie mehrmals mit dem Kopf, kam zurück und stellte sich vor ihn. Er sah auf. Sie hielt ihm eine Wange hin. Ado schüttelte den Kopf. Sprachlos blickten sich die beiden an. Schließlich verließ sie den Speicher, und er sank auf den Stuhl.

3.

Man fror nicht mehr, aber man hungerte weiter. Die Osterferien brachen an, und so erlebte Ado Miss Rosenzweig vorläufig nicht mehr im Englischunterricht. Er vermied es, mit ihr in Haus oder Garten zusammen zu treffen. Als er sie dann wirklich nie traf, kam ihm der Gedanke, ob sie es nicht auch so machte.

Aber die Schulferien endeten diesmal besonders schnell, wie Ado schien. So saß er wieder im Klassenzimmer, Miss Rosenzweig trat herein, der Unterricht ging weiter. Wenn Ado mit dem Vorlesen an der Reihe war, dann verhedderte er sich erst recht mit dem „Ti-eitsch", so dass die Mitschüler kicherten und die Lehrerin scherzte, die Musterschülerin in Englisch, Ursula, solle ihm doch einmal Nachhilfeunterricht geben. Alle lachten. Ado war seiner Lehrerin nicht böse über ihre Bemerkung, doch war ihm peinlich, dass sie gerade diese Schülerin genannt hatte. Zugegeben, sie war die Beste in Englisch, doch war sie offenbar auch in Ado verknallt. Schon als BDM-Mädchen hatte sie für den HJ-Fähnleinführer geschwärmt, was ihm nur lästig gewesen war. Nach dem Krieg kühlte sich die Schwärmerei Ursulas für den Mitschüler ab. Der Ado benehme sich so komisch, meinten sie und die anderen. Inzwischen waren Ursulas Gefühle wieder aufgeblüht, vielleicht nur deshalb, weil Ado der einzige Junge war, der von der Klassenschönheit keine Kenntnis nahm.

So verkomplizierte sich sein Leben. Er fühlte sich gezwungen, um zwei Frauen einen Bogen zu machen. Vielleicht war das auch die Ursache, dass er sich vermehrt um seinen Mathematiklehrer kümmerte. Schon im Winter hatte er ihm geholfen, hatte Holz gehackt und den Ofen geschürt, wenn es denn einmal Brennmaterial gab. Er ging seinem Lehrer auch sonst zur Hand und ließ es sich von ihm durch Privatstunden entlohnen, in denen es um mathematische Probleme jenseits des Schulpensums ging. Es war eine Selbstverständlichkeit zwischen Schüler und Lehrer, dass Ado nach dem Abitur Mathematik studieren würde. Seiters bestärkte ihn immer wieder in dieser Absicht und meinte, Mathematiker würden immer gebraucht: als Lehrer, in der Industrie, im Versicherungsgewerbe und – Gott sei's geklagt – auch beim Militär. Wenn sich das Leben in Deutschland wieder normalisiere, und irgendwann werde das ja wohl der Fall sein, dann sei Mathematik bei Ados Begabung genau das richtige.

Der Frühling ließ auch Rotleber aufblühen. Von Entnazifizierung sprach keiner mehr. Antikommunist war er schon immer gewesen, und so trat er bei alten Bekannten, die in den deutschen Behörden wieder das Wort hatten, dafür ein, dass ein Roter, trotz seines leidvollen Schicksals, heute doch wohl nicht mehr der richtige Mann als Leiter eines Gymnasiums sei, in dem doch die Jugend zu Demokratie und Christentum erzogen werden sollte. Davon abgesehen sei Dr. Seiters natürlich ein hervorragender Mathematiker, aber eben nicht der Mann für die vielfältigen Verwaltungsaufgaben in einer Schule.

Das stimmte. Der kommissarische Schulleiter betonte immer das „kommissarisch". Ihm war der Verwaltungskram eine Last. Obwohl er Rotleber nicht ausstehen konnte, nahm er dessen eilfertig angebotene Hilfe beim bürokratischen Kram gern an, auch wenn er um die eigennützigen Hintergedanken des Mannes wusste. Im Frühsommer war es so weit: Das Oberschulamt nahm mit größter Dankbarkeit die Ankündigung von Seiters Rücktritt als kommissarischer Schulleiter zur Kenntnis.

Seine letzte Amtshandlung war, dem Lehrerkollegium mitzuteilen, dass er nach den Sommerferien nur noch als Mathematiklehrer und Physiklehrer wirken werde. Er gehe davon aus, dass als sein Nachfolger Oberstudiendirektor Dr. Rotleber wieder das Amt des Schulleiters übernehme, auch wenn die offizielle Ernennung noch ausstehe. Und schließlich müsse er mit großem Bedauern bekannt geben, dass Fräulein Rosenzweig ihren Militärdienst in Deutschland und damit auch ihren Einsatz als Englischlehrerin am Goethe-Gymnasium beende. Sie werde in die USA zurückkehren und wolle dort promovieren. Der kommissarische Schulleiter dankte ihr für ihr Engagement und überreichte ihr im Namen der ganzen Schule einen großen Blumenstrauß. Großer Beifall seitens des Kollegiums.

4.

Auch der Sommer hatte es in sich. Nach der extremen Kälte des Hungerwinters, nun die Gluthitze eines Jahrhundertsommers mit bis zu 40 Grad im Schatten und einer einsetzenden Dürre. Es gab nicht mehr die Gefahr des Erfrierens, aber gehungert und verhungert wurde weiter.
Doch gab es auch Erfreuliches – für einige Menschen. So wurde Herbert Rhein vorzeitig entlassen wegen guter Führung; auch waren ja angesichts der roten Gefahr aus dem Osten stramme Antikommunisten willkommen. Vielleicht sollte der Häftling auch einfach nicht mehr die kühle Gefängniszelle genießen dürfen.
Da stand also Herbert Rhein eines Nachmittags unter einer siedenden Sonne vor der Haustür der Villa und wunderte sich über die zahlreichen Jeeps, die davor auf der Straße parkten. Er trat stürmisch in die Hausmeisterwohnung und

stieß in der Küche auf seine Frau, die gerade ein paar Kartoffeln kochte, damit es am Abend Kartoffelsalat gebe.
„Jesusmaria!"
Niemand hatte sie über seine Entlassung in Kenntnis gesetzt.
„Jesusmaria!", wiederholte sie. Es klang nicht gerade begeistert. Sie hatte sich ohne ihren Mann und ohne Schläge in einem Leben eingerichtet, das zwar entbehrungsreich war, aber ohne Herr im Hause selbstverantwortlich geführt wurde. Ado war ihr inzwischen ein Juniorpartner, mit dem sie gemeinsam das Nachkriegsleben meisterte.
So war es ein harsches Wiedersehen. Es reichte kaum zu einer Umarmung. Herbert Rhein fühlte die Distanz; ihn selbst zog wenig zu dieser abgearbeiteten und in den zwei Jahren rasch gealterten Frau.
„Ich habe Hunger", herrschte er sie ihn an. Und während sie ein Stück Brot auf den Tisch legte und eine Dose Corned Beef öffnete, die eigentlich für das Abendessen gedacht war, schaute sich Herbert Rhein in der Wohnung um.
„Und das Bier?", fragte er beim Hinsetzen.
„Herbert, woher soll ich denn Bier haben? Wir sind froh, dass wir Trinkwasser haben bei dieser Bullenhitze. Und dass wir überhaupt was zu essen haben."
Ihr Mann sah sie nur verächtlich an, stopfte in sich hinein, was vor ihm stand, und fragte, wo die Meyers seien und wo Ado sich herumtreibe. Hildegard erzählte ihm, dass Erika mit den Mädchen zum halb ausgetrockneten Flussbett nahe der Stadt gegangen war, um wenigstens die Füße ins Wasser tauchen zu können. Ado dagegen habe tagsüber beim Ernteeinsatz auf einem Bauernhof anzupacken.
„Und was ist mit dem ganzen Fuhrpark vor dem Haus?"
„Die sind zu einer Abschiedsfeier für Rebecca Rosenzweig gekommen. Die fährt morgen zurück nach Amerika. Aus

dem Schlafzimmerfenster kann man sie im Garten sehen. Lauter Amis."
Hildegard Rhein war vorgegangen, ihr Mann hinterher. Sie zog den Vorhang zur Seite, so dass ihr Mann Gastgeber und Gäste im Garten sehen konnte.
„Na, vielleicht haut ihr Bruder auch bald ab. Dann können wir wieder in unsere Wohnung", knurrte Rhein, warf einen Blick auf das Bett, ging zur Tür, schloss die ab und befahl seiner Frau, den Vorhang wieder vorzuziehen.

5.

Am Nachmittag schritt Ado nach dem Arbeitseinsatz, der in kühler Frühe begonnen hatte, nach Hause. Auf dem Heimweg traf er mit Seiters zusammen. Es stellte sich heraus, dass sie beide denselben Weg hatten. Der bisherige Gymnasiumsleiter war von seiner Kollegin zu einer Abschiedsparty in die Villa eingeladen worden. Denn morgen reiste Fräulen Rosenzweig ja ab.
„Eigentlich schade", sagte Ado leise.
„Ja, schade. Ich glaube, wir beide werden sie vermissen. Aber sie will ihre Doktorarbeit schreiben und dann in Amerika als Psychologin arbeiten. Und, aber das bleibt unter uns, junger Mann, sie mag auch nicht unter einem Schulleiter Rotleber arbeiten. Ich auch nicht, aber ich werde noch ein paar Jahre bis zur Pensionierung aushalten müssen, wenn ich das darf?"
Ado sah ihn fragend an.
„Ja, wer weiß, ob Rote wie ich bald noch erwünscht sind. Die Amerikaner sehen nur noch die sowjet-kommunistische Gefahr. Nazis sind für sie eine Sache von gestern. Antikom-

munismus ist gefragt. Und es ist ja stadtbekannt, dass ich ein Kryptokommunist bin. Dass der nur einen linken Arm hat, ist ja augenscheinlich. Jetzt, weißt du, Ado, werden wieder Leute gebraucht, die den rechten Arm gebrauchen können, alte Antikommunisten sozusagen."
Ado war über die Bitterkeit der Worte betroffen.
„Aber die Amis wollen doch Demokraten."
„Aber wir Deutsche waren doch schon immer Demokraten. Na ja, bis auf uns zwei unverbesserliche Radikale, bis auf Ado und seinen Lehrer. Aber, denke ich, bei uns beiden ist noch nicht Hopfen und Malz verloren. Ich zum Beispiel bin inzwischen eingeschriebenes Mitglied der Sozialdemokratischen Partei Deutschlands. Also schon rosarot, staatstragend sozusagen", meinte Seiters kichernd. „Bin gespannt, wo du enden wirst."
Lehrer und Schüler standen vor der Villa und, verabschiedeten sich von einander.
„Trotz des Arbeitseinsatzes schöne Sommerferien, Ado! Spätestens nach den Ferien sehen wir uns im Gymnasium. Dann geht es auf die Reifeprüfung zu. Und ich erwarte, dass mein Meisterschüler und mein Lieblingsschüler, das letztere darfst du aber nicht weiter sagen, dass du in Mathematik als bester abschneidest."

6.

Als Ado in die Wohnung trat, fuhr er zusammen. Da stand sein Vater am Fenster, drehte sich zu ihm um, stürzte sich auf ihn, packte ihn an den Schultern und schüttelte ihn.
„Was hast du mit dem Sozi zu schaffen?"
„Er ist doch mein Mathelehrer. Und auf dem Weg hierher

begegneten wir uns."
„Und was sucht der verkrüppelte Kerl hier?"
„Er ist zu der Abschiedsfeier von Miss, von Fräulein Rosenzweig eingeladen. Und er ist kein Krüppel. Ihm ist nur der rechte Arm – abhanden gekommen."
„Was? Der Herr Sohn wird auch noch frech gegenüber seinem Erzeuger!"
Rhein schlug Ado die Hand ins Gesicht. Der wich zurück, begann aus der Nase zu bluten und starrte seinen Vater an. Der schmetterte die Faust auf die Tischplatte und schrie:
„Warum treibst du dich mit diesem Lehrer herum, statt schnurstracks nach Hause zu kommen? Lässt deine Mutter allein, wo es in der Stadt von Neger-Amis wimmelt."
„Ich war im Arbeitseinsatz. Hat Mutter dir das nicht erzählt?"
Er blickte zu seiner Mutter, die aus dem Schlafzimmer in die Küche getreten war.
„Was? Immer weiter frech die Stimme gegen seinen Erzeuger erheben! Man merkt, dass ich hier gefehlt habe. Es fehlt an der nötigen Brutpflege. Nennst du das Erziehung, Weib?", brüllte er, stand auf, stieß seine Frau zur Seite, griff nach seiner Schirmmütze und verließ die Wohnung.

7.

Seiters fühlte sich unter den vielen Armeeangehörigen wieder einmal fehl am Platz. Seine Englischkenntnisse waren nicht viel besser geworden seit jenem Neujahrsmittagessen in der Villa. Doch seine Lehrerkollegin a.D. war immer wieder abwechselnd mit ihrem Bruder an seiner Seite. Irgendwann am frühen Abend sagte Seiters zu Rebecca Ro-

senzweig, dass nicht nur er, sondern mindestens einer ihrer Schüler ihren Abgang bedauere. Er erzählte, dass er Ado auf dem Weg zur Villa getroffen hatte.
„Passen Sie bitte gut auf den Jungen auf!", sagte sie. „Ich habe ihn...ich habe ihn schätzen gelernt. Er war offenbar der einzige Nazi, der den Krieg hier in der Stadt überlebt hat. Ein ganz seltenes Exemplar."
„Aber er hat", fügte Seiters hinzu, „er hat, denke ich, die Uniform des Hitlerjungen inzwischen zu Grabe getragen. Andere haben sie nur vergraben."
„Apropos Ado; ich habe noch ein kleines Abschiedsgeschenk für ihn. Sie sagten, er sei zu Hause. Entschuldigen Sie mich einen Augenblick! Ich trage das Buch kurz hinüber in die Wohnung und verabschiede mich von ihm, denn morgen geht es in aller Frühe los. Ich bin gleich wieder zurück."

8.

Herbert Rhein war angetrunken zurückgekehrt. Seine Stimmung hatte sich nicht gebessert. Er fand die beiden Familien am Küchentisch beim Abendessen an.
„Ah, ihr fresst hier, ohne auf mich zu warten!"
Erika und ihre beiden Mädchen sahen Herbert entsetzt an.
„Was glotzt ihr so? Seid froh, dass ich euch überhaupt hier dulde. Und jetzt mach Platz, Hilde! Und guck nicht so blöde aus der Wäsche!"
Er schubste sie vom Stuhl, dass sie zu Boden fiel. Da sprang Ado auf und warf sich schützend vor seine Mutter.
„Jetzt muckt das Muttersöhnchen tatsächlich weiter auf. Dass ich nicht lache."
Herbert Rhein zerschlug mit einer linken Geraden seinem

Sohn das Nasenbein und schleuderte ihn mit weiteren Hieben zur Seite. Dann trat er seiner vor ihm liegenden jammernden Frau mit dem Fuß in die Seite. Vor Schmerzen schrie sie auf. Da stürzte sich Ado mit blutendem Gesicht auf seinen Vater und versuchte ihn wegzuzerren, doch ein rechter Haken warf ihn zu Boden.
„My God! Was geht hier vor sich?"
Rebecca Rosenzweig war eingetreten, nachdem niemand auf ihr Anklopfen reagiert hatte. Sie ließ ein Päckchen aus den Händen fallen und stellte sich zwischen Ado und seinen Vater.
„Ah, jetzt auch noch die Judenhure! Kannst du haben, kannst du haben!"
Rhein stürzte sich auf sie, doch hatte sich Ado erneut aufgerafft und stellte sich schützend vor Rebecca. Aber der nächste Boxhieb fällte ihn k.o. zu Boden. Rhein bearbeitete jetzt Rebecca Rosenzweig, schlug sie blutig, ihr Kopf prallte gegen die Tischkante, sie fiel und lag in einer Blutlache auf dem Boden.
Inzwischen war Erika Meyer in den Garten gerannt und schrie, dass der Rhein das Fräulein Rosenzweig und seine eigene Familie totschlage. Richard Rosenzweig und einige Offiziere liefen herbei und überwältigten den rasenden Betrunkenen, der immer weiter auf die drei Menschen am Boden eintrat. Ein Armeearzt konnte nur noch den Tod Rebeccas feststellen. Mutter und Sohn waren schwer verletzt und wurden ins Krankenhaus gebracht. Amerikanische Militärpolizisten führten Rhein ab. Zurück blieben Erika und ihre Mädchen; alle drei in Tränen aufgelöst.

9.

Seiters besuchte Ado fast täglich im Krankenhaus. An diesem Tag schien er etwas bedrückt.
„Guten Tag, Ado. Willst du denn ewig hier liegen? Schon gut, und lass endlich das Doktor weg. Seiters reicht vollkommen. Ich komme gerade von deiner Mutter; ihr geht es schon besser. In ein paar Tagen wird sie entlassen und du hoffentlich bald auch. Und…ach Gott, du merkst Ado, dass ich um den heißen Brei herumrede. Also… also nach dem schnellen Gerichtsprozess haben die Amerikaner kurzen Prozess gemacht und deinen Vater hingerichtet. Er wurde heute morgen gehängt. Tut mir leid, mein Junge."
Ado drehte den Kopf zur Seite. Nach einer Weile, Seiters saß geduldig neben dem Bett, drehte er den Kopf herum, blickte seinen Lehrer mit Tränen in den Augen an.
„Ich weine nicht um…Ich trauere um…."
Die Sätze blieben unvollendet.

Ein paar Tage später saß Ado auf dem Krankenbett, als Seiters eintrat. Mit dessen Hilfe humpelte er vorsichtig den Hospitalflur entlang, mühsam ein Stockwerk hinunter und in den Garten zu einer Bank, wo schon Ados Mutter saß. Sie hatte ihn zwei Tage zuvor erstmals in seinem Krankenzimmer besucht. Beide standen vor ihrer Entlassung aus dem Krankenhaus.
„Wollen Sie es erzählen, Frau Rhein?"
„Nein, sagen Sie es! Es war ja Ihre Idee."
„Also, Ado. Ich denke, es ist einfach besser für euch beide, wenn ihr zunächst einmal wo anders lebt, nicht in dieser kleinen Stadt, wo ihr als Mutter und Sohn eines hingerichteten Totschlägers oder Mörders, wie immer die richtige Übersetzung aus dem Englischen sein mag, verschrien

seid. Es lohnt sich manchmal nicht, gegen die Dummheit der Menschen anzukämpfen, in eurem Fall gegen die verhängte Sippenhaft. Für dich würde es am Goethe-Gymnasium ein Spießrutenlaufen. Glaube mir, mein Junge, ich weiß, von was ich rede. Also folgender Vorschlag: Mein bester Freund ist Leiter des Gymnasiums in Wolfenbüttel, also in der Britischen Zone. Aber inzwischen ist es innerhalb der Bizone nicht mehr so schwer zu reisen. Ich habe Erwin Hausmann von dir erzählt, und ich habe für dich gebürgt. Er nimmt dich an seiner Schule auf, und im nächsten Jahr kannst du dort deine Matura machen. Bis dahin kannst du bei ihm und seiner Frau wohnen. In seinem Haus sind zwar auch Flüchtlinge einquartiert, aber ein Zimmer hat er für seine zwei Söhne freihalten können. Die waren an der Ostfront und gelten als vermisst. Möglicherweise sind sie gefallen, vielleicht sind sie in Gefangenschaft. Wie dem auch sei, du bist dort willkommen. Die Unkosten übernehme ich. Natürlich ist das nur ein Kredit, bis du mir einmal als großer Mathematiker alles mit Zins und Zinseszins zurückzahlen kannst."
Ado stotterte, dass er das alles nicht verdient habe. Auch könne er nicht seine Mutter im Stich lassen.
„Mach dir keine Sorgen, Parzival. Ich gehe zu meiner Schwester und meinem Schwager nach München. Die haben dort ja eine Wirtschaft eröffnet, und ich werde in der Küche mithelfen. Für mich ist gesorgt. Viel wichtiger ist, dass du eine Zukunft hast. Jetzt mach mal dein Abitur, und dann sieht man weiter!"
„Und dann studiert er Mathematik", fügte Seiters hinzu. „Und wenn du das nicht machst, Ado, verlange ich schnurstracks mein in dich investiertes Geld zurück."

Am Nachmittag setzte sich ein ganz unerwarteter Gast auf

das Krankenhausbett zu Ado. Es war seine Mitschülerin Ursula, die es sichtlich genoss, dass ihr Klassenkamerad nicht davonlaufen konnte. Mit diesem Besuch hatte er nicht gerechnet, den Besuch bei einem Aussätzigen. Aber er, der Mathematiker, würde die Frauen wohl nie verstehen, dachte er. Rot wurde er, als Ursula ihm über die Wange strich.
„Ado, es wird Zeit, dass du damit anfängst, dich zu rasieren."

10.

Das Ende der Sommerferien nahte, als Seiters Hildegard und Ado zum Bahnhof begleitete. Beide trugen einen Rucksack, einen Koffer und eine Tasche. Es war so ziemlich alles, was sie besaßen und in den kommenden Monaten brauchen konnten. Da standen sie auf dem Bahnsteig, von dem auf der einen Seite der Zug nach München, auf der anderen der Zug nach Norden abfahren würde.
Ado entschuldigte sich kurz zu einen Toilettenbesuch. Seine Mutter konnte vor Seiters nicht die Tränen über den Abschied von ihrem Sohn zurückhalten.
„Ich hoffe, dass das die richtige Entscheidung ist. Auf jeden Fall nochmals vielen, vielen Dank für Ihre Hilfe, Dr. Seiters. Ach, wären Sie damals an die Macht gekommen, wäre das alles nicht so gekommen."
„Ich?"
„Na, die Roten. Verzeihen Sie einer dummen Frau."
„Ach so. Ja, wer weiß. So", und dabei betonte Seiters das 'so', „so wäre es sicher nicht gekommen. Aber, wer weiß…". Er beendete den Satz nicht. Hildegard Rhein unterbrach sein Nachdenken.
„Und meinen Sie wirklich, dass er ein Mathematikstudium

schafft?"

„Nun, wenn Ihr Sohn sich nicht auf Parallelen und Unendlichkeit kapriziert, hat er die besten Aussichten", scherzte Seiters.

Da kam Ado zurück, und der Zug nach München fuhr ein. Mutter und Sohn umarmten sich. Hildegard Rhein drückte Seiters die Hand und dankte nochmals. Sie winkte mit Tränen in den Augen beim Abfahren aus einem geöffneten Fenster ihrem Sohn und seinem Lehrer zu.

Wenig später kam der Zug aus München, und Ado stieg nach einem langen Händedruck ein. Seiters hatten ihm noch einmal alles Gute für die Zukunft gewünscht und sich ab und zu einen Brief von seinem Schüler erbeten. Ado musste sich mit seinem Gepäck durch mehrere vollbesetzte Eisenbahnwaggons quälen, bis er endlich einen Sitz fand, auf dem ein Koffer Platz genommen hatte. Sein Besitzer auf dem Sitz gegenüber schaute zwar unmutig drein, aber Ado ließ nicht locker. Er machte es sich so bequem wie möglich und zog aus seinem Rucksack ein Buch hervor.

Neben ihm saß ein kleines Mädchen, das neugierig auf das Buch schaute. Er bemerkte es und lächelte.

„Du kannst schon lesen?"

„Klar, ich bin schon in der zweiten Klasse."

„Na, dann lies mal vor!"

Ado schlug das Buch auf und hielt es ihr hin. Sie strich mit dem Zeigefinger unter den Wörtern entlang und versuchte vergeblich, sie zu lesen.

„Du hast Recht. Das ist wirklich schwierig. Das ist nämlich Englisch. Ich lese es dir vor." Er beugte sich zu ihr und las, wobei er die zwei Ti-eitsch sorgfältig betonte:

„William Shakespeare – Tragedies. July 1947, to Ado with love. 'Ripeness is all' (King Lear, page 374). Your american friend Rebecca".

Das Mädchen sah Ado verständnislos an.
„Soll ich es übersetzen?"
Sie nickte.
„William Shakespeare – Tragödien. Juli 1947, für Ado mit…", der Übersetzer zögerte einen Augenblick und setzte neu an: „…für Ado in liebender Erinnerung. 'Reife ist alles' (König Lear, Seite 374). Deine amerikanische Freundin Rebecca".
Das Mädchen sah von Ado zum Buch, vom Buch zu Ado.
„Und wo ist deine amerikanische Freundin?"

Ende

Die amerikanische Freundin

2085

1.

Frank I. Rhein fuhr in den 137. Stock hinunter. Nachdem er eingestiegen war, sagte er dem Fahrstuhlautomaten, dass er zur Detektei B. Lee wolle. Kaum ausgesprochen, erschien auf dem Fahrstuhlbildschirm der Kopf einer Frau:
„Guten Tag, Mr. Rhein. Sie wünschen?"
„Sie kennen mich?"
„Ich kenne alle Bewohner unseres Gebäudes. Das ist einer meiner Jobs. Die Gebäudeverwaltung hat mir die Aufgabe anvertraut, für die Sicherheit hier zu sorgen. Was kann ich für Sie tun, Mr. Rhein?"
„Ich bin auf dem Weg zur Detektei."
„Also zu mir."
„Oh, ich wusste nicht, dass..."
„...dass das B für Betsy steht? Ist es ein Problem für Sie, dass der Detektiv eine Frau ist?"
„Nein, nein, vielleicht ist das sogar besser."
„Dann erwarte ich Sie in drei Minuten bei mir. Mein Büro liegt am Ende des Ganges; wenn Sie aus dem Aufzug treten, nehmen Sie das Laufband nach rechts. Bis gleich, Mr. Rhein."
Als er im 137. Stock ankam, trat er auf das Laufband. Kurz vor seiner Ankunft öffnete sich die Bürotür und die Detektivin streckte ihm die Hand zum Gruß entgegen. Sie bat ihn einzutreten. Rhein war erstaunt über eine große Narbe auf ihrer Stirn und drückte Lee irritiert die Hand.
„Ein eindrucksvolles Mal da auf Ihrer Stirn, Mrs. Lee. Entschuldigen Sie, ich wollte nicht..."

„Sie müssen sich nicht entschuldigen, Mr. Rhein. Sie sind der Erste, der davon spricht und diese Entstellung auch noch 'eindrucksvoll' nennt. Alle anderen taten und tun so, als bemerkten sie die Narbe nicht – und schielen doch heimlich immer darauf. Ist man, war man in ihren alten Heimat immer so direkt?"
„Nein, das war man nicht. Ich bin wohl eine Kuriosität. Vielleicht sind Mathematiker menschliche Sonderfälle."
Inzwischen hatten die beiden den Flur durchschritten und die Tür zu einem Büroraum öffnete sich. Lee bat den Besucher, in dem Sessel vor dem Schreibtisch Platz zu nehmen, während sie selbst sich dahinter niederließ. Auf ihre Frage, ob er etwas trinken wolle, wählte er einen Kaffee. Eine Klappe des Schreibtischs öffnete sich, und eine Automatenstimme bot den Kaffee schwarz oder mit Milch, mit oder ohne Zucker an.
„Well, was kann ich für Sie tun, Mr. Rhein?"
„Sagen Sie es mir, da sie ja offensichtlich schon alles über mich wissen!"
„Nicht alles, nicht alles. Nur was für die Sicherheit im Gebäude notwendig ist."
„Der Zweck heiligt also die Mittel."
„Natürlich, Mr. Rhein. Das ist immer so. Oberste Priorität ist die Sicherheit."
„Und ich dachte immer, in der amerikanischen Verfassung stehe da Freiheit."
„Ach, Ihr Europäer! Uns ist heute Sicherheit höchstes Gebot."
„Was also wissen Sie noch von mir, Mrs. Lee?"
„Dass Sie Kriegsflüchtling sind. Dass Sie gerade noch rechtzeitig aus Europa fliehen konnten, bevor der alte Kontinent von Asien her überflutet worden ist. Dass Sie Glück hatten, in die Vereinigten Staaten einreisen zu können."

„Schon einer meiner Vorfahren, Urgroßvater oder Ururgroßvater, hatte gesagt, dass Mathematiker immer gebraucht würden. Zumindest erzählte mir das mein Großvater einmal. Was wissen Sie noch?"
„Dass Sie als genialer Mathematiker sofort einen guten Job bekamen, der Ihnen erlaubt, eine nicht billige Detektivin zu engagieren."
„Dann wissen Sie vermutlich auch schon, warum ich hier bin."
„'Cherchez la femme', vermute ich."
Rhein schaute verblüfft auf Lee.
„Bei einer Klientin hätten Sie vermutlich 'Cherchez l'homme' geraten."
„Mr. Rhein, ich rate nie. Ich kombiniere. Sie hatten in Ihrer Wohnung mehrfach Besuch einer Dame, Besuch einer Mrs....warten Sie....", die Detektivin schaute auf ihren Computer, „....einer Mrs. Marilyn Smith."
„In was für einem Überwachungsstaat bin ich da nur gelandet?"
„Nur kleine Sicherheitsmaßnahmen zum Schutz der Bewohner des Gebäudes. Es wird nur registriert und überprüft, wer ein- und austritt - wenn sich die Person ansonsten nicht auffällig benimmt. Stellen Sie sich vor, Mr. Rhein, der Ehemann wäre seiner Ehefrau gefolgt!"
„Wie praktisch. Im Zweifelsfall schützt die Sicherheitsbeauftragte den Ehebrecher."
„Was Sie privat so treiben, ist mir, ist der Hausverwaltung egal. Oder sagen wir: ziemlich egal. Wir sorgen nur dafür, dass es zu keinen Gewaltverbrechen im Haus kommt."
„Reizend."
Rhein musterte die Frau, die etwas massig in ihrem Sessel saß. Aber er war sich sicher, dass da kein Gramm Fett unter der Kleidung war, sondern sich Muskeln spannten. Schön

war sie nicht verglichen mit seiner Geliebten Marilyn, aber diese Lee strahlte vertrauensvolle Sicherheit aus.
„Marilyn, ich meine Mrs. Smith hat sich seit einer Woche nicht mehr gemeldet, und ich habe sie auch nicht telefonisch erreichen können. Sie ist spurlos verschwunden. Ich befürchte, dass etwas passiert ist. Sie wollte sich von ihrem Ehemann trennen."
„Und ich soll Ihre Freundin finden?"
„Ja, suchen Sie Marilyn, finden Sie heraus, wo sie steckt! Ich bin in Sorge."
Die Detektivin drückte auf die Computerplatte vor ihr. Vor Rhein leuchtete auf dem Schreibtisch eine Computerseite auf.
„Das sind meine Geschäftsbedingungen und voraussichtliche Honorarkosten. Lesen Sie sich das bitte durch und drücken Sie dann einen Daumen darauf, wenn Sie mit allem einverstanden sind! Und das hier ist Mrs. Smith, nicht wahr? Eine sehr schöne Frau."
Die Detektivin musterte ein Foto auf ihrem Handcomputer und streckte ihn Rhein zu. Der nickte und blickte besorgt drein.
„Marilyn ist eine wunderschöne Frau, eine wunderbare Frau. Und sie duftet wie eine Rose. Sie ist perfekt."
„So, so, perfekt", murmelte Lee und schaute etwas skeptisch vom Foto zu ihrem Klienten und dann wieder auf das Foto.
„Ich gebe Ihnen Recht, Mr. Rhein. Sie sieht wundervoll aus. Erzählen Sie mir von dieser perfekten Frau! Still, sitz Blondie!"
Rhein schaute bei den letzten Worten irritiert die Detektivin an. Da sah er, wie der Kopf eines Schäferhundes an ihrer Seite auftauchte und wieder verschwand.
„Blondie?"

„So heißt meine Hündin?"
„Einen Hund in New York zu halten, kostet doch ein Vermögen. Offenbar ist ihre Detektei ein einträgliches Geschäft."
„Es ist natürlich kein natürlicher Hund. Der wäre tatsächlich zu teuer bei dieser unerschwinglichen Hundesteuer. Es ist ein Replikant."
„Ein Hunde-Replikant? Ich werde verrückt? So täuschend echt und lebendig."
Rhein stand auf und trat um den Schreibtisch zu der dort liegenden Hündin. Blondie setzte sich auf und streckte ihm den Kopf entgegen. Der Besucher strich ihr über das makellos weiße Fell und schüttelte ungläubig den Kopf.
„Den Namen hat sie von der Blondine dort."
Lee stand auf und führte Rhein zu einem Bild an der Wand. Zumindest hatte er es für ein Bild gehalten, doch stellte er jetzt fest, dass unter der Glasscheibe eine vergilbte Comic-Seite steckte.
„Vor weit mehr als hundert Jahren erschien in Zeitungen erstmals der Comic 'Blondie'. Es handelte sich um Geschichten einer patenten blonden Ehefrau und ihrer Familie. Das Blatt da stammt aus meinem Familienbesitz. Von einer Großmutter oder so geerbt. Ein schönes Gefühl, so ein Erinnerungsstück."
„Ich habe auch noch so ein Erinnerungsstück, das einzige, was bei meiner überstürzten Flucht zufällig vor meinen Händen lag. Es handelt sich um ein Foto, das meinen Ururgroßvater oder so als Hitlerjunge zeigt."
„Hitler? Hitlerjunge?"
„Na, jener Hitler...aber das würde jetzt zu weit führen. Also, suchen Sie Marilyn und finden Sie sie mir!"
„Einen Augenblick, Mr. Rhein! Die Adresse Ihrer Freundin habe ich schon aus dem Computer. Gibt es irgendwelche Besonderheiten, die Sie mir über Mrs. Smith noch mitteilen

können? Vorlieben? Eigenheiten? Auffallendes?"
„Wie ich Ihnen schon sagte und wie Sie auf dem Foto sehen: Marilyn ist wunderschön."
„Und sie duftet wie eine Rose. Aber was wissen Sie von ihr? Worüber haben Sie mit ihr gesprochen? Was haben Sie zusammen unternommen? Gibt es nichts Besonderes? Ein Hobby, eine Passion, etwas, was aus dem Rahmen fällt?"
Rhein hatte sich wieder gesetzt, überlegte lange und erzählte nach einigen Belanglosigkeiten von einem ungewöhnlichen Nachmittag. Das Paar war spazieren gegangen und stand später vor der St. Patricks Kathedrale. Das von der katholischen Reformkirche restaurierte Kirchengebäude strahlte im Weiß seines Marmors. Der war, wie Rhein überrascht feststellte, von einer Plastikschutzschicht überzogen.
„Ich hatte eigentlich keine Lust gehabt einzutreten, da ich nichts von einer parfümierten Religion halte. Doch Marilyn sagte, sie gehe da öfter hinein. Ich erklärte ihr, dass ich nicht den Weihrauch meine, sondern die verkitschte, versüßlichte Darstellung dieses Jesus. Der hat doch unter dem schweren Holzkreuz keuchend nach Schweiß gerochen, der hat doch am Kreuz nach Angstschweiß gestunken. Da hat Marilyn begeistert genickt und gesagt: Das sieht auch die Reformkirche so und hat entsprechend installiert. Drinnen in der Kathedrale roch es dann auch ganz fürchterlich nach Mensch, besonders vor den entsprechenden Kreuzgangbildern und den Kruzifixen. Meine Freundin hat diesen Gestank mit geblähten Nasenflügeln eingesogen und sich für diesen Naturalismus begeistert."
Lee hörte ihrem Klienten kommentarlos zu. Sie hatte einen Verdacht, doch sie wollte Gewissheit. Sie erklärte, sie werde am nächsten Tag mit ihrer Arbeit beginnen. Doch davon wollte Rhein nichts wissen.

„Sie müssen jetzt sofort los! Ich sagte Ihnen doch, dass ich besorgt bin. Das kann nicht mit rechten Dingen zu gehen, dieses unerklärliche plötzliche Schweigen und Sich-nicht-Hören-lassen."
„Das geht leider nicht, Mr. Rhein. So kurzfristig kann ich Blondie nicht bei meiner Freundin unterbringen."
„Wie bitte? Aber das ist doch nur eine Maschine!"
„Das sehe ich nicht so."
„Aber...?"
„Ich lasse Blondie nicht allein. Wenn Sie unbedingt wollen, dass ich sofort mit der Suche nach Ihrer Freundin beginne, dann gibt es allerdings eine Möglichkeit: Sie nehmen die Hündin derweil zu sich."
„Das kann nicht Ihr Ernst sein, Mrs. Lee?!"
„Oder sie gehen zu einer anderen Detektei."
Er sah sie ungläubig an. Doch sie meinte es offensichtlich ernst. Schließlich zuckte er resignierend die Schultern.
„Und wie oft muss ich mit Ihrem Hund Gassi gehen?"
„Gar nicht. Hätte ich sie als ganz perfekten Hund bestellt, müsste ich die horrende Hundesteuer bezahlen. Das kann ich mir dann doch nicht leisten. Blondie nimmt nichts zu sich und scheidet daher auch nichts aus. Lassen Sie sie einfach an ihrer Seite liegen, sitzen oder gehen. Wenn Sie ihr den Kopf streicheln, wird sie Ihnen auch die Hand lecken. Blondie", befahl sie, „Blondie, du gehorchst jetzt Mr. Rhein!"
Die Hündin legte die Vorderpfoten auf den Schreibtisch und schaute zu Rhein. Auf seinen Befehl trottete sie zu ihm und rieb ihren Kopf an seinen Beinen.
„Sehen Sie, Mr. Rhein, Blondie folgt Ihnen - trotz Ihres deutschen Akzents."

2.

Lee ließ sich wenig später von einem Lufttaxi ans andere Ende der Stadt bringen, zum Gebäude mit der Wohnung des Ehepaars Smith. Das Hochhaus war etwas heruntergekommen, aber in der Eingangshalle saß natürlich ein Automat als Portier. Der antike Roboter ließ die Detektivin mit blecherner Stimme abblitzen, als sie sagte, sie wolle ihre alte Freundin Marilyn Smith besuchen. Das Ehepaar Smith sei außer Haus, und er könne nicht sagen, wann es wieder zurückkomme. Ihre Frage, seit wann die Smiths weg seien, dürfe er aus Datenschutzgründen nicht beantworten.
Da stand die Detektivin. Draußen landete ein Lufttaxi, aus dem eine Frau mit mehreren Einkaufstüten stieg. Lee trat hinaus und bot ihre Hilfe an. Sie mache gerade einen Besuch und müsse eh hochfahren. Hoch erfreut drückte ihr die Frau einen Teil der Tüten in die Hand. So ging Lee unbeanstandet an dem Portier vorbei mit der Frau zum Fahrstuhl. Im 28. Stock verabschiedete sich Lee, stieg aus und ging den Gang entlang bis zu der gesuchten Wohnungstür. Erst drückte sie mehrmals die Klingel, dann pochte sie laut an die Wohnungstür. Wie erhofft, reagierte jemand anderes. Die Tür der gegenüberliegenden Wohnung öffnete sich, eine alte Frau steckte ihren Kopf heraus und sagte, dass die Smiths nicht zu Hause seien.
„Guten Tag, gnädige Frau, ich bin eine alte Freundin von Marilyn. Eigentlich waren wir verabredet. Es scheint aber etwas dazwischen gekommen zu sein, und sie hat vergessen, mich zu benachrichtigen. Entschuldigen Sie bitte, ich habe mich gar nicht vorgestellt. Betsy Lee ist mein Name", sagte die Detektivin, die inzwischen zu der anderen Tür getreten war und ihre Hand ausstreckte. Die alte Dame beäugte zunächst misstrauisch die Unbekannte, dann ergriff

sie die Hand und wollte sie nicht mehr loslassen.
„Ich will Sie nicht weiter stören, Mrs...Mrs..."
„Walken, Elizabeth Walken. Sie stören gar nicht, mein Kind. Kommen Sie doch zu einem Kaffee herein! Endlich mal ein Besuch. Nein, nein, ich lasse Sie doch nicht gleich wieder laufen. Trinken wir zusammen eine Tasse Kaffee. Ich lasse doch Marilyns Freundin nicht einfach so gehen. Ja, treten Sie ein Betsy. Ich darf doch Betsy sagen. Wissen Sie, ich bin Witwe...".
Während Elizabeth Walken den Kaffee braute, sie braute ihn tatsächlich noch, erzählte sie Lee ihre ganze Lebensgeschichte. Endlich jemand der zuhörte. Schließlich kam sie auch auf Marilyn zu sprechen.
„Wir haben ab und zu einen Kaffee getrunken, wenn Marilyn bei mir hereinschaute. Von Ihnen, Betsy, hat sie allerdings nie gesprochen, aber über ihre Vergangenheit hat sie ja praktisch nie geredet. Vielleicht war die nicht so angenehm. Dabei müssen ihr ja alle Herzen zugeflogen sein. So eine schöne, sympathische und rosig duftende Frau! Dagegen sind wir beide richtige Mauerblümchen! Entschuldigen Sie bitte, Betsy, das war nicht böse gemeint. Aber Marilyn ist wirklich ein perfekter Mensch. Wundert mich eigentlich, dass sie es nicht als Model probiert hat. Sie ist eigentlich dafür geboren. Oder als TV-Star, da wäre sie perfekt. Doch dann hat sie sich für Jack entschieden, Jack Smith. Ein alter Langweiler eigentlich, der vor vielen Jahren zu Geld gekommen ist, gewonnen oder geklaut, weiß ich nicht. Ich muss gestehen, nach dem Tod meines Mannes, der liebe gute John, es war wirklich ein liebenswerter Mann, mein Ehemann, es war eine harmonische Ehe, aber dann war ich lange Jahre allein und dachte, Jack...Aber da kam er vor zwei Jahren mit dieser Marilyn an. Ich konnte es einfach nicht glauben. So ein junges Ding, die doch eigentlich alle

Männer hätte haben können, heiratet diesen alten...heiratet Jack Smith. Na ja, was soll man machen? Eigentlich war die Sache damit ja erledigt, aber dann zeigte sich bei gelegentlichen Begegnungen im Aufzug oder unten, dass Marilyn gar nicht eingebildet ist auf ihre Schönheit, dass sie ein ganz liebenswürdiges Geschöpf ist, so freundlich, an mir alten Witwe Anteil nimmt, und dann plauderten wir immer wieder bei einer Tasse Kaffee. Na ja, vermutlich plauderte ich, wie jetzt wieder, sie plauderte eigentlich kaum, hörte aber so aufmerksam zu. Ihr Mann, ich meine diesen Jack Smith, ich glaube, dem war das gar nicht so recht, dass Marilyn immer wieder bei mir war, aber offenbar hatte sie das Bedürfnis, auch mal mit jemand anderem zusammen zu sein als nur mit diesem alten Muffel von Mann. Dabei sieht er für sein Alter gar nicht schlecht aus. Schauen Sie, das ist ein Hochzeitsfoto. Hat mir Marilyn geschenkt."
Sie reichte Betsy das Bild, das sie während des Redens aus einer Schublade gezogen hatte. Es zeigte das lächelnde Paar, er in Straßenanzug, sie in Kostüm. Die Detektivin bat um eine weitere Tasse Kaffee. Während Elisabeth in die Küche ging, kopierte Lee das Foto mit ihrem Handkomputer.
„Dieser Mr. Smith", hakte sie ein, als ihr Elisabeth die Tasse reichte, „der scheint ja nicht gerade ein sympathischer Mensch zu sein. Hatte Marilyn denn sonst noch Bekannte, Verwandte, Freunde?"
Elizabeth kicherte, neigte ihren Kopf Betsy zu und flüsterte, dass Marilyn vor einem halben Jahr oder so einen jungen Mann kennengelernt habe.
„Sie scheint sich Kopf über Fuß verliebt zu haben. Einmal, als Jack Smith irgendwie eine kleine berufliche Reise gemacht hat, hat sie den jungen Mann sogar hierher gebracht. Ich habe es zufällig gesehen, wirklich ein Zufall. Ich habe mich natürlich nicht darum gekümmert, geht mich ja

nichts an. Er hat einen sympathischen Eindruck gemacht, dieser junge Mann. Der passt sicherlich besser zu Marilyn als der alte Jack. Und Marilyn hat mir dann auch anvertraut, dass sie den Jungen will, sich von Jack trennen will."

„Und hat sie das schon? Vielleicht ist sie ja deshalb nicht mehr hier?"

„Nein, nein, meine liebe Betsy. So weit ist das noch nicht. Das hätte mir Marilyn sicher gesagt. Aber die Lage schien sich doch zuzuspitzen. Am Tag vor ihrer Abreise, ich hatte gerade meine Wohnungstür hinter mir abgeschlossen, weil ich zu einem Arzttermin musste, trat die liebe Kleine ganz aufgelöst aus ihrer Wohnung. Sie weinte, klammerte sich an mich und flüsterte, sie könne sich gar nicht scheiden lassen, weil....Doch in diesem Moment trat Jack aus der Tür, warf mir einen sehr ungnädigen Blick zu, zog das arme Mädchen in die Wohnung zurück und schloss die Tür hinter sich. Am nächsten Tag sah ich die beiden aus der Wohnung treten, zugegeben, ich hatte ein wenig auf der Lauer gelegen, wollte doch wissen, was hier abläuft. Beide hatten etwas Gepäck bei sich. Da streckte ich den Kopf aus der Tür und grüßte, und Jack sagte mir kurz angebunden, dass sie einen Besuch bei Verwandten in Detroit machen würden. Marilyn sagte gar nichts. Vermutlich hatte der Kerl ihr verboten, mit mir zu sprechen. Ich wusste gar nicht, dass Jack Verwandte in der Autometropole hat."

3.

Lee saß in der Magnetschwebebahn nach Detroit. Die Stadt war schon längst nicht mehr die Metropole für die amerikanische Autoproduktion, wie sie die alte Frau wohl in Erinnerung hatte oder so von ihrer Großmutter erzählt bekommen hatte. Inzwischen war Detroit zum größten Automatenschrottplatz des Landes geworden. Auf jeden Fall gab es nach Wissen Lees dort mehr Schrotthändler als... ja, als was? Wer wollte sonst noch in dieser unwirtlichen Stadt wohnen? Verwandte von Mr. Smith? Theoretisch war nicht ausgeschlossen, dass jemand einen Schrotthändler in der Verwandtschaft hatte. Lee recherchierte in ihrem Handcomputer und entdeckte im nationalen Sicherheitsprogramm, dass in einem Hotel vor einigen Tagen ein Mr. und eine Mrs. Smith eingecheckt hatten. Vielversprechend hörte sich das an, auch wenn klar war, das Smith nicht gerade ein seltener Name war. Es war zumindest den Versuch wert, dort mit ihrer Suche zu beginnen. Lee stellte mittels eines Knopfdrucks ihren Sitz auf Liege und schlummerte den Rest der Reise.

Vom Detroiter Magnetschwebebahnhof ließ sich die Detektivin per Lufttaxi zu dem Hotel bringen. Mehr Glück als Verstand, dachte sie, als ihr dort der Automatenportier mitteilte, dass Mr. Jack Smith noch hier wohne, aber nicht auf seinem Zimmer sei.

„Und Mrs. Smith?"

„Mrs. Smith wohnt nicht mehr hier."

„Wie bitte?"

„Mrs. Smith hat gestern Tagen ausgecheckt."

„Sie hat ausgecheckt?"

„Um genau zu sein: Ihr Mann hat für sie ausgecheckt."

Lee runzelte die Stirn, auf deren Narbe der Automat stierte. Dann sagte sie:

„Ich bin eine alte Freundin des Ehepaars und war mit ihm verabredet. Was mache ich nur? Wissen Sie vielleicht, wann Jack, ich meine Mr. Smith, zurückkommt?"

„Das kann ich nicht sagen. Aber Sie brauchen nur über die

Straße gehen, da finden Sie ihn vermutlich."
„Über die Straße?", fragte sie und drehte sich um.
„Da ist dieser Strippschuppen. Aber alles nur Replikanten, oder besser Replikantinnen", sagte der Automat von oben herab.
Lee überquerte die Straße und trat in das Lokal. An diesem späten Nachmittag waren erst wenige Besucher in dem Schuppen, unter ihnen, sie erkannte ihn sofort, war Jack Smith. Er hockte vor einem halbleeren Glas an einem Tischchen und starrte auf die mehr oder minder ausgezogenen Frauen vor ihm, die ihre Strippnummer abspulten. Nein, ging es Lee durch den Kopf, sie waren überraschenderweise wirklich engagiert bei der Sache. Es waren ja Replikanten.
Sie holte sich ein Erfrischungsgetränk von der Bar, ging zu dem winzigen Tisch von Mr. Smith und fragte, ob sie sich zu ihm setzen dürfe. Der Mann schaute sie überrascht an, tat so, als sähe er ihre Narbe nicht, und nickte zustimmend den Kopf. Lee schätzte ihn als Weichling ein und beschloss, mit der Tür ins Haus zu fallen. Wortlos streckte sie ihm das Hochzeitsbild hin.
„Wo haben Sie denn das her? Wer sind Sie eigentlich?"
„Ich bin Privatdetektivin. Wo ist Ihre Frau?"
„Was geht Sie das an? Was wollen Sie?"
„Wo ist Ihre Frau?"
„Sie war nie meine Frau."
„Aber dieses Hochzeitsfoto?"
„So hat sie es immer genannt. Kurioserweise hatte sie eine romantische Ader. Oder nein, nicht kurioserweise. Ich hatte es ja so gewollt. Hatte sie so bestellt. Ich, ich war wohl der Romantiker."
„Marilyn Smith ist also ein Replikant. Ich ahnte es. Sie ist zu perfekt."
„Eben nicht, sonst hätte sie sich nicht eingebildet, sie wäre

in diesen jungen Schnösel verliebt. Sie war eben nicht perfekt."
„Sie war?"
„Ich habe sie verschrotten lassen."
Lee atmete tief durch und murmelte:
„Deshalb Detroit."
Sie schwieg und starrte Smith an, der zuerst nicht wusste, wohin er schauen sollte, Lee dann aber angrinste.
„Marilyn fühlt – und Sie lassen sie verschrotten."
„Was heißt ‚sie'? Was heißt fühlt? Das Ding ist ein Replikant, ein Automat. Als ich ihn bestellte, hatte ich nichts von so extrem ausgefallenen Gefühlen geordert. Davon stand nichts im Kaufvertrag, dass sie sich in jemand anderen verlieben könnte. Mich nervte schon, dass sie immer wieder von ihrer Familie, von Schulfreundinnen erzählte. Da bauen die Konstrukteure schon Erinnerungen in die Maschinen ein! Und wer sind Sie eigentlich? Was wollen Sie von mir?"
„Ich sagte schon: Ich bin Privatdetektivin. Ihre Frau wird vermisst?"
„Meine Frau, meine Frau! Lassen Sie den Unsinn! Hier,", Smith zog eine Plastikscheibe aus der Tasche, „hier bekundet die Recyclingfirma: 'Der Replikant, Nummer so und so, wurde am 30. April 2085 entsorgt.' Dachte ich mir doch, dass ich das noch brauche, dass da jemand denken könnte, ich hätte meine Frau", und dabei krächzte er ein Lachen, „meine Frau um die Ecke gebracht. Ein gekaufter Replikant, der nicht perfekt war, der mir untreu wurde."
„Und den Einkauf haben Sie kaltblütig umbringen lassen!"
„He, Schöne, was heißt hier umbringen lassen? Es war eine Maschine, ein schadhaftes Produkt. Nicht so perfekt wie die hier herumtanzenden Mädchen."
„Alles Replikanten."
„Eben. Maschinen! Nicht so menschlich wie ich und du",

sagte Smith grinsend und tatschte ihr an den Busen. Die Detektivin beugte sich nach vorn und zertrümmerte ihm mit einer linken Geraden die Nase. Als ein Angestellter herbeieilte, beschwerte sich Lee darüber, dass hier Gäste sexuell belästigt würden, griff sich die auf dem Tisch liegende Bescheinigung und verließ das Lokal.

4.

Lee saß hinter ihrem Schreibtisch und sah sich nochmals die Aufnahme an, die den Kopf von Marilyn Smith neben vielen anderen Köpfen in einem Regal der Detroiter Recyclingfirma zeigte. Nach der Begegnung mit Smith hatte sie der Firma einen Besuch abgestattet. Ein Angestellter teilte ihr mit, dass alles regelkonform verlaufen sei. Mr. Smith habe sich als Eigentümer des Replikanten „Marilyn" ausgewiesen, habe diesen ordnungsgemäß abgemeldet und dafür eine Schrottprämie erhalten. Basta. Der Replikant sagte tatsächlich „basta". Lee riss sich zusammen und fragte, ob Mrs. Smith zu sprechen sei. Nein, man könne sie nicht mehr sprechen, da sie inzwischen in verwertbare und unverwertbare Einzelteile zerlegt worden sei.
„Haben Sie Interesse am Erwerb von irgendwelchen Teilen?", hatte der Angestellte gefragt. Lee schauderte erst zurück, dann ließ sie sich doch zu einem Regal mit Köpfen führen. Da lag der wunderschöne perfekte Kopf der ehemaligen Marilyn Smith.
Die Fotos des Regals und des Kopfes vor sich wartete Lee jetzt auf Rhein. Sie hatte ihn nach ihrer Rückkehr aus Detroit in seinem Büro angerufen, und er wollte nach der Arbeit zu ihr kommen. Auf seine aufgeregte Frage am Telefon

nach Marilyn hatte die Detektivin nur kurz geantwortet. Ja, sie habe sie gefunden, aber es gäbe Probleme. Nein, nicht am Telefon, das wolle sie ihm alles persönlich mitteilen.
Dann stand er vor ihrer Bürotür und neben ihm Blondie. Als Lee die Tür öffnete, sprang Blondie an ihr hoch, schleckte ihr die Hände und wedelte aufgeregt mit dem Schwanz. Rhein überfiel sie schon auf der Türschwelle mit Fragen, doch bat sie ihn, ihr in ihr Arbeitszimmer zu folgen, sich zu setzten und sich zu beruhigen.
„Wie kann ich ruhig sein? Was ist mit Marilyn? Etwas stimmt doch nicht!"
„Sie haben Recht, Mr. Rhein. Etwas stimmt nicht. Um die Wahrheit zu sagen: Alles stimmt nicht. Sie müssen jetzt ganz stark sein."
„Mein Gott, ist ihr etwas passiert? Reden Sie schon! Wie Sie mich anblicken! Nun reden Sie schon! Hat Marilyns Mann ihr etwas angetan?"
„Well, so kann man es sagen. Er hat ihr etwas angetan. Sie ist nicht mehr."
„Sie ist nicht mehr? Was heißt das? Ist sie tot?"
„So kann man es eigentlich nicht sagen."
„Zum Teufel, wollen Sie mich zum Narren halten?", schrie Rhein, hieb mit der Faust auf den Schreibtisch, schnellte auf und lehnte sich drohend zu Lee hinüber.
„Setzen Sie sich, und beruhigen Sie sich! Ich war in Detroit und habe mit Mr. Smith gesprochen."
„Mit ihm?"
„Ja, und er sagte mir, es habe nie eine Mrs. Smith gegeben."
„Was für eine unverschämte Lüge!"
„Wie man es nimmt. Ist Ihnen, Mr. Rhein, nie etwas an Marilyn aufgefallen – außer dass sie wunderschön, rosenduftig und perfekt war?"
„Was soll das? Was sollen diese Anspielungen. Marilyn

ist..."
„Marilyn war...war ein Replikant."
Rhein sah Lee fassungslos an und wechselte die Farbe.
„Das ist eine unverschämte Lüge! Das ist...das ist..."
„Setzen Sie sich Mr. Rhein. Es ist leider die Wahrheit. Hier, sehen Sie!"
Lee reichte ihm die Verschrottungsbescheinigung über den Schreibtisch. Rhein las das Blatt ein, zwei, drei Mal.
„Und wer sagt mir, dass das keine Fälschung ist? So etwas ist leicht zu schreiben."
Sie reichte ihm wortlos die von ihr in der Recyclingfirma gemachten Aufnahmen.

5.

Lee trennte aus Prinzip Geschäftliches und Privates. Das machte ihr das Leben, wie ihr schien, einfacher. Aber nachdem Rhein schließlich wortlos ihre Rechnung bezahlt und niedergedrückt das Büro verlassen hatte, fühlte sie den Drang, sich um ihren Ex-Klienten etwas zu kümmern. Sie erklärte sich die Anteilnahme damit, dass sie befürchtete, er könne sich nach diesem Schock etwas antun. Und sie war ja für die Sicherheit im Gebäude verantwortlich.

Rhein nahm eine Woche Sonderurlaub, den er der Firma gegenüber mit den traumatischen Folgen begründete, die die Nachrichten aus Nachkriegseuropa bei ihm ausgelöst hatten. Unter den Millionen Opfern waren vermutlich alle Verwandten und Freunde von ihm, die nicht wie er rechtzeitig hatten flüchten können.
Lee fiel auf ihrem Überwachungsschirm Rheins Haltung auf.

Offensichtlich war er innerlich zusammengebrochen. In Begleitung von Blondie traf sie am nächsten Tag scheinbar zufällig mit Rhein in der Eingangshalle des Gebäudes zusammen. Lee lud ihn ein, sie auf einem Spaziergang in den nahen Park zu begleiten. Wie er sehe, führe sie Blondie aus. Er folgte Herrin und Hündin wohl aus mangelnder Eigeninitiative, nur damit etwas getan wurde. An den folgenden Tagen fanden weitere Spaziergänge statt. Die Bewegung tat Frankie, wie Betsy ihn inzwischen nannte, gut. An einem Abend gingen die zwei in ein Konzert - ohne Blondie. Zwei späte Beethoven-Quartette wurden aufgeführt. Die Musik machte Frankie aber noch depressiver als er schon war, wie Betsy feststellte. Sie sprachen viel mit einander, erzählten sich gegenseitig ihre jeweilige Familien- und Jugendgeschichte. Der junge Mann, wie ihn Betsy zuweilen liebevoll ironisch nannte, kam aber aus seiner dunklen Stimmung nicht richtig heraus, auch wenn er sich gerne an Betsy anlehnte.

Am Abend seines letzten Urlaubstages meldete das Gebäude-Warnsystem im Büro der Detektei eine mögliche Gefahr: Betsy sah auf dem Bildschirm, dass sich Frankie auf dem Rasendach des Gebäudes befand. Er saß am Rande auf dem Geländer, die Beine baumelten über der Tiefe. Erschreckt stürmte sie zum Aufzug, der ihr endlos bis ganz nach oben zu brauchen schien. Als sie droben auf die riesige Dachterrasse trat, atmete sie erleichtert auf. Frankie saß noch immer da. Sie rannte zu ihm, näherte sich ihm aber auf den letzten Metern behutsam. Er schien ihr Kommen nicht zu hören. Als sie ihn von hinten umarmte, zuckte er nicht zusammen. Es schien fast so, als habe er sie erwartet. Frankie legte seine Arme nach hinten um sie.

„Hi, Betsy, du riechst nach Schweiß. Bist du so gerannt? Aber ich rieche dich gern."

„ Du hast mir einen Schrecken eingejagt, Frankie. Ich dachte schon..."

„...dass ich hinunterspringe? Zugegeben, so etwas ist mir in den vergangenen Tagen schon mal durch den Kopf gegangen."

Frankie drehte sich zu ihr um.

„Ja, anfangs war dieser Gedanke da. Doch dann habe ich dich näher kennen gelernt...und heute dachte ich: Das ist die einfachste Methode, dass du auf schnellstem Weg zu mir kommst. Ich weiß ja um die Sicherheitsanlage bei dir im Büro."

In gespieltem Zorn wollte sie sich von dem Gauner lösen, doch er ließ sie nicht los und küsste sie. Und dann küsste sie ihn, und beide wälzten sich auf dem Kunstrasen des Daches. Betsy begann zu kichern.

„Ich glaube, das Warnsystem spielt jetzt verrückt wegen den beiden Verrückten auf dem Dach. Eine solche Situation ist im Computerprogramm sicher nicht vorgesehen."

Da der für den Abend von der Wetterbehörde programmierte Regenschauer begann, fuhren die beiden nach unten und landeten im Schlafzimmer von Frankies Wohnung.

„Make love, not war", murmelte er später, schmiegte sich an seine Freundin und schlief ein. Betsy lag neben ihm, auf einem Ellbogen aufgestützt betrachtete sie den Mann neben sich, strich ihm übers Haar und küsste seine Stirn, so wie er es zuvor mit ihr getan hatte. Dabei hatte Frankie immer wieder über ihre Narbe gestrichen, ihre eindrucksvolle Narbe. Er hatte keine markante Entstellung, ein fast zu harmonisch perfektes Gesicht. Doch Betsy zwang sich, ihr Detektivgehirn auszuschalten, nicht nachzuforschen, woher das Foto des Hitlerjungen stammte. Es war einfach schön, hier nackt an einem nackten Körper zu liegen.

Sie schaltete das Licht aus, kuschelte sich an Frankie. Es

war fast wie ein Gute-Nacht-Gebet, als sie im Stillen ihrem Schöpfer dankte, der sie so vollkommen unvollkommen geschaffen hatte. Sie hatte eine Narbe, roch nach Schweiß. Wirklich perfekt.

Ende